町奉行内与力奮闘記九

破綻の音

上田秀人

幻冬舎時代小説文庫

町奉行内与力奮闘記九

破綻の音

目次

●江戸幕府の職制における江戸町奉行の位置

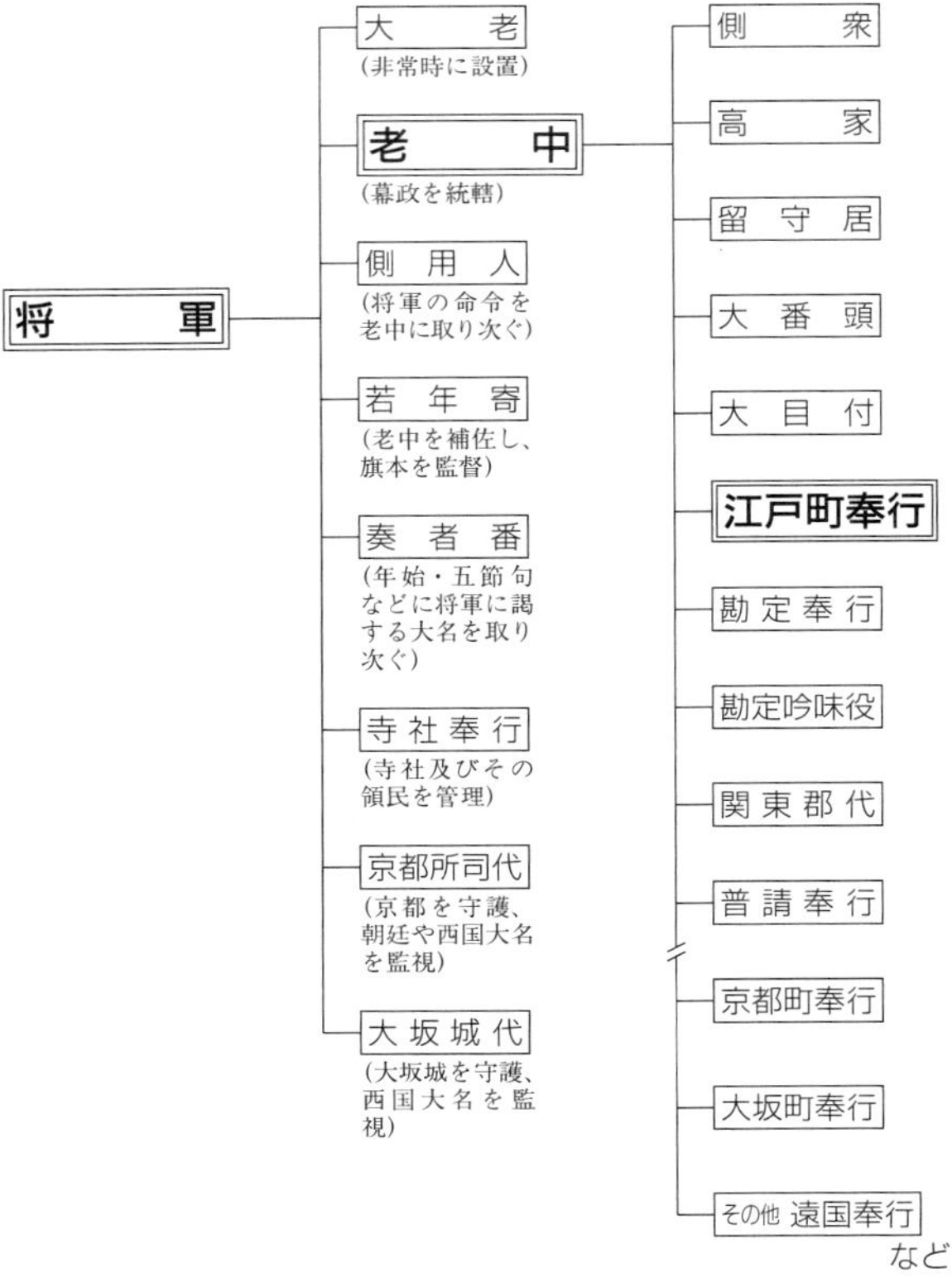

※江戸町奉行の職権は強大。花形の役職ゆえに、その席はたえず狙われており、失策を犯せば左遷、解任の可能性も。

●内与力は究極の板挟みの苦労を味わう！

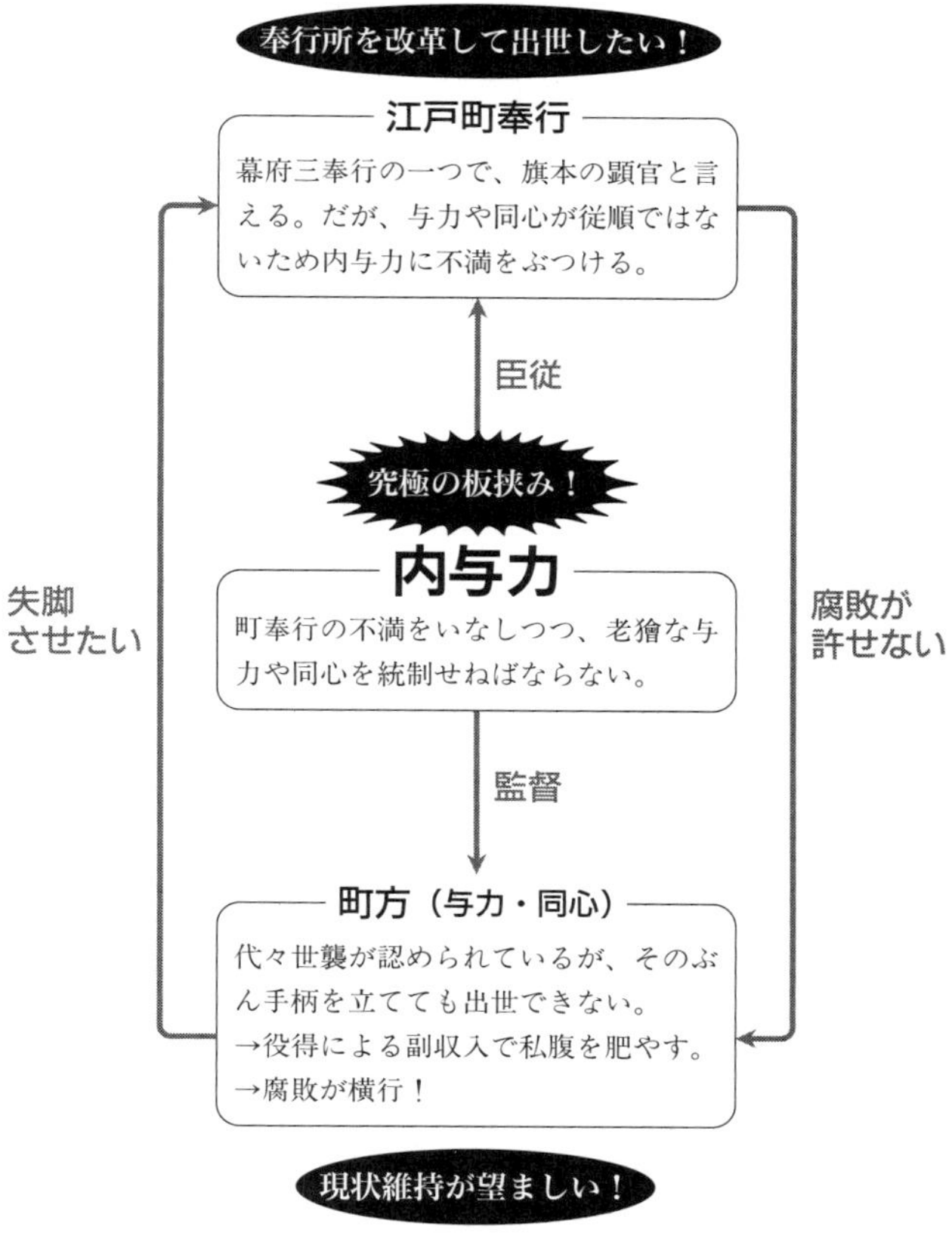

【主要登場人物】

城見亨　本書の主人公。曲淵甲斐守の家臣。二十四歳と若輩ながら内与力に任ぜられ、忠義と正義の狭間で揺れる日々を過ごす。一刀流の遣い手でもある。

曲淵甲斐守景漸　四十五歳の若さで幕府三奉行の一つである江戸北町奉行を任せられた能吏。厳格なだけでなく柔軟にものごとに対応できるが、そのぶん出世欲も旺盛。

田沼意次　江戸幕府第十代将軍徳川家治の寵愛を受ける老中格。

播磨屋伊右衛門　咲江の大叔父。日本橋で三代続く老舗の酒問屋。

西咲江　大坂西町奉行所諸色方同心西二之介の長女。歯に衣着せぬ発言が魅力の上方娘。

志村　播磨屋伊右衛門が雇った用心棒。城見亨の剣の腕を認めている。

池端　播磨屋伊右衛門が雇った用心棒。凄腕。

左中居作吾　江戸北町奉行所の筆頭与力。

牧野大隅守成賢　江戸南町奉行。曲淵甲斐守と出世を争う。

白川　牧野大隅守の用人。

岩田助右衛門　江戸南町奉行牧野大隅守直属の隠密廻り同心。白川に命じられ播磨屋を狙う。

ごろ吉　捕らえられた無宿者。策を企てて播磨屋に忍び寄る。

橋場の雪　捕らえられた無宿者。策を企てて播磨屋に忍び寄る。

一柳左太夫　江戸南町奉行所筆頭与力。左中居作吾の幼馴染。

三浦屋四郎右衛門　吉原でもっとも大見世である三浦屋の主。

第一章　あがく者

一

執政の朝は早い。

夜明け前には起き、登城する五つ（午前八時ごろ）までの間、陳情しに来た連中と会うのである。

「株仲間を新たに作らせていただきたく」

「周防屋《すおうや》、そなたは乾物商であろう。なんの株仲間を作るのだ」

陳情に訪れた商人と田沼主殿頭意次《たぬまとのものかみおきつぐ》が向かい合っていた。

「もちろん、干物のでございまする」

「干物の株仲間など作っても意味はなかろう」

周防屋と呼ばれた商人の答えに、田沼意次が怪訝《けげん》な顔をした。

「たしかに干物は一枚何文という安いものでございまする。しかし、作るには何日もの手間をかけねばなりませぬ」

「……………」

黙って田沼意次が先を促した。

「でありながら、豊漁のときには大幅に値を下げなければ売れませぬ。これでは乾物商はやっていけませぬので、株仲間を作り、値段を決めたいと」

「ふむ」

田沼意次は可否を口にしなかった。

「こちらを」

唸《うな》っただけの田沼意次に周防屋が風呂敷包みを押し出した。

「なんじゃ」

「どうぞ、お納めを」

わざとらしく首をかしげた田沼意次に、周防屋が風呂敷包みを開いた。

「ほう」

風呂敷包みのなかには、四角い切り餅《もち》が六つ入っていた。切り餅は二分金を五十枚まとめたもので、その形が似ていることから切り餅と呼ばれている。それが六つ、百五十両を周防屋が差し出した。

「その株仲間ができたとして、差配はそなたがいたすのであろうな」

株仲間の肝煎《きもい》り役は周防屋だろうなと、田沼意次が確認した。

「もちろんでございまする。ご老中さまのお手をわずらわせることはございませぬ」

まだ老中格でしかない田沼意次を老中と呼んで周防屋は機嫌を取った。

「そうか。他の執政たちとも話をせねばならぬゆえ、今は、なんの約束もできぬ」

「承知いたしておりまする」

田沼意次の返答をよいものと受け取った周防屋がうれしそうに応じた。

「では、下がれ」

手を振って田沼意次が周防屋を帰した。

「百五十両……か」

田沼意次が切り餅を手にした。

「大金じゃが、なにかをなすにはとても足りぬ。株仲間を作るとしたら、老中だけでなく、勘定奉行、勘定方、台所役人にも手を回さねばならぬ。このていどでできるものではないわ」

切り餅を田沼意次が放り出した。

「余に金を出せば、なんでもできると思っておる。余だけですませれば、金も少なくてすむからの」

田沼意次が吐き捨てた。

賄賂は罪であるが、挨拶や気遣いは問題にならない。新たな役職を求める者、今よりも出世を願う者、より大きな儲《もう》けを望む者、あらゆる者が願望を果たすため、要路に金やものを贈る。これについては、目付《めつけ》も見て見ぬ振りをする。なにせ、目付もそうやって役目に就いてきたし、今後も出世したいからである。

「干物の値段をつり上げるだと。干物は庶民にとって重要な菜である。安ければ安いほどいい。とはいえ、作る者、魚を獲《と》る漁師の取り分もある。そこをあまり抑えると、それらが困る。なにより漁の高は上下するものだ。下がったときだけでなく、上がったときも株仲間で値段を低く抑えるというならば、まだしも……」

今でこそ老中格相良《さがら》藩主となっているが、三代前までは紀州藩の足軽だったのだ。それこそおかずなど付かない食事が当たり前であった。

「これは挨拶だという。挨拶ならば受け取ってなにもせずともよかろう」

田沼意次は周防屋のことを放置すると決めた。

「しかし、金が要《い》る。なにをするにしても金がかかる。そして御上《おかみ》には金がない」

大きく田沼意次が嘆いた。

「御上に金がなければ、執政も自在に動けぬ。いろいろなことを調べることさえできぬ」

田沼意次が愚痴を口にした。

執政は多忙である。五人ほどで天下の政《まつりごと》をこなさなければならない。一日に処理する案件は数十件に及ぶ。当然、一々精査している暇はなく、下からあがってきた報告を信用するしかなかった。

「どうもおかしい」

「前も見たような……」

疑念を抱いて、突き返すことはあるが、それについての事後はわからなくなる。

下僚たちは一度跳ね返された案件を、同じ老中には持っていかない。数日寝かせた後、事情を知らない別の老中に処理を頼む。

「よろしかろう」

そしてほとんどが、何一つ変更されない状況で通る。

「御用を命じる」

一応、老中には伊賀者を使う権があった。

だが、使うとなれば金が要る。なにせ、隠密《おんみつ》御用なのだ。勘定方へ書類を回し、なになにを調べるために伊賀者を行かせるので、その旅費などを支給せよというわけにはいかない。

「これを遣え」

御用のたびに老中から直接伊賀者に金を渡す。

「さほどの金ではないが……」

薩摩《さつま》へ行ってこい、伊達《だて》の仙台城に鉄炮《てっぽう》が何挺あるか数えてこいなどの遠国《おんごく》御用となれば費用もかかるが、江戸付近の地回り御用となれば、一回数両もあれば足りる。

とはいえ、それを毎回負担していてはいかに老中といえども厳しい。

老中は幕府の内規で五万石ていどの譜代《ふだい》大名から選ばれる。もっと少ない石高、多い領地の者もいるので絶対ではないが、あまり裕福ではない。そのうえ、老中になるために無理をしてきている。要路への付け届けや、藩政をないがしろにしての猟官運動などで、内証は厳しくなっていることが多い。老中になったことで、いろいろなところから金は集まるが、それは借財の返済などに右から左へ消えていく。

とても伊賀者やお庭番に金を渡して、調べてこいと命じる余裕はなかった。

「曲淵甲斐守《まがりぶちかいのかみ》が進言、真剣に考えねばならぬの」

先日、北町奉行の曲淵甲斐守景漸《かげつぐ》が田沼意次へ、南北両奉行所を統合し、一つにするべきだとの提言をしていた。町奉行所を一つ減らすことで、町奉行に与えられる足高や、奉行所の運営経費、定員割れしている与力の禄《ろく》などが浮く。その金を老中が自在に遣える手元金にしてはどうかと曲淵甲斐守は発案した。

すべてを合わせても数千両ほどでしかないが、隠密調査に一回十両かけたとしても、数百回おこなえる。

それこそ、気兼ねなく気になることを十二分に調べられる。となれば幕府の政がよりよくなることは確かであった。

「まあ、お手並み拝見だの。どうやって南町奉行の牧野大隅守《まきのおおすみのかみ》を蹴落《けお》とすのか」

田沼意次が独りごちた。


南町奉行牧野大隅守成賢《しげかた》は月番になると、ただちに無宿者狩りを始めた。

無宿者狩りとは、人別を失った者たちを捕らえ、佐渡の金山などへ送ることで、犯罪抑止と無理使いしても困らない労働力の確保を目的としている。

そもそも無宿者は、生国でなにかをしでかして、かかわりを怖《おそ》れた親戚や近隣から人別を外された連中である。人別を失っているため、まともに働くことはできないし、長屋などを借りることもできなかった。

とはいえ、生きていかなければならない。顔を知られている生国やその付近では、すぐに見つけられてしまうため、人が多く紛れやすい江戸や大坂に集まってくる。

だが、江戸や大坂のように大きな城下町でも、無宿者には優しくなかった。身許引き受け人どころか、人別さえない者を雇うところはない。当然、金を稼ぐ方法も御法度《ごはっと》を犯すものとなり、治安が悪化する。

町奉行所のおこなう無宿者狩りは、いわば犯罪を防ぐためのものといえた。

「おとなしくしやがれ」

「お縄につけ」

南町奉行所に属している同心、小者、御用聞きは、無宿者ではないかと見える者を片っ端から捕まえていった。

「おいらは違う」

「どこどこの出で、人別はまだある」

捕らえられた無宿者のなかには、冤罪《えんざい》もある。

しかし、町奉行所はそんなもの気にもしない。

「あの者は、わたくしの息子で」

「町役人でございまする。町内の者がご迷惑をおかけしたようで」

身許引き受け人が引き取りに来た場合は釈放するが、そうでなければ、わざわざ遠国まで問い合わせなどしない。

捕まった段階で、まず無罪放免は望めなかった。

「こいつ、狢《むじな》の吉次ですぜ」

「見た顔だと思ったぜ。その頬《ほお》の傷、まちげえねえな。おめえ御手配の下手人だろう」

捕まったなかには、長年手配を受けながら逃げ続けてきた者もいる。まさに功罪合わせたのが無宿者狩りであった。

捕まった無宿者は、まず罪を検《あらた》められる。下手人や盗賊などがいた場合は、しっかりとお調べを受け、罪に応じた咎《とが》めを与えられる。

罪が明らかでない者、単に人別を抜かれた者などは、あるていど数がそろったところで、佐渡の金山へ水替え人足として送られる。当たり前の話だが、一人ずつ護送していては、手間がかかりすぎる。となれば、それまでの間、無宿者を監禁しておく場所が要る。小伝馬町の牢屋敷では、まず無理であった。

そもそも牢屋敷は大人数を収容するようにはできていない。幕府の法では、罪が確定した途端に執行になるため、禁固が咎めになるという意識がなかった。

さらに幕府の法では、自白するまで罪は決まらない。誰だって咎められるのは嫌なのだ。拷問されても頑張って罪を認めない者が出てくる。いや、ほとんどがそうなる。

自白しないからといって、放免はあり得ない。そこへ無宿者を押しつけられでもしたら、牢屋敷は立錐《りっすい》の余地もなくなってしまう。

捕まえた無宿者の監禁場所に困る。それもあって、無宿者狩りは滅多になされなかった。

「空き屋敷を押さえておりまする」

牧野大隅守の用人、白川《しらかわ》が報告した。

「屋敷のうちにある長屋の窓、戸板を釘《くぎ》付けにし、そこに閉じこめて調べを進めておりまする」

「何名くらい捕まえた」

「この五日で十八名でございまする」

「少ないな」

問いに答えた白川に、牧野大隅守が眉《まゆ》をひそめた。

「もう少し捕まえられぬのか」

「すでに無宿者狩りだと江戸中が知っておりまする。脛《すね》に傷を持つ者どもは居所をくらませておりまして……」

不満を言った牧野大隅守に白川が言いわけをした。

「それでは十八人にも期待できぬな。少し目端の利く者ならば逃げ出しておろう。捕まった者はそれさえできぬ愚か者ばかり」

牧野大隅守が嘆息した。

「でもないようでございまする」

白川が少しだけ声を張った。

「なにがじゃ」

「捕まえた者のなかに下手人が二人おりました」

「ほう、下手人が。ならば、無宿者狩りは成功じゃの」

白川の発言に牧野大隅守が安堵《あんど》した。

無宿者狩りは、いろいろなところに影響を出した。さきほどの冤罪だけではなく、御用聞きに追いかけられた無宿者が、商店へ逃げこんで商品を駄目にしたり、逃げる最中に他人を突き飛ばしたり、庶民に迷惑をかけることが多発した。

当然、おこなった町奉行所に盛大な苦情が持ちこまれる。なかには江戸を代表する豪商もいるわけで、それこそ成果がなければ町奉行の進退にかかわってくる。

しかし、一人でも極悪犯が捕まれば、責任問題にはならず、町奉行の手柄になった。

「そやつらは使えぬのか。下手人とあらば、人を殺すくらいは平気だろう」

ふと牧野大隅守が述べた。

「無理でございまする」

白川が牧野大隅守の提案を否定した。

「なぜじゃ。そやつらに放免してやる代わりに、播磨屋《はりまや》を襲えと命じれば……」

「そやつらは、同心たちが喜々として牢屋敷へ連れて参りました。すでに入牢証文も奥右筆《おくゆうひつ》部屋へ出されておりまする」

牧野大隅守の言葉に、白川が述べた。

「手柄かっ」

聞かされた牧野大隅守が苦い顔をした。

無宿者のなかに下手人として手配を受けておきながら、捕まえられていなかった者がいた。これは南町奉行所の大手柄になる。

北町奉行所の与力、同心とも姻戚などで交流はあるが、どうしても互いに競い合う感覚は抜けない。

「名のある盗賊を捕まえた」

「人斬り浪人をお縄にした」

北町奉行所の活躍を聞くと、嫉妬心が起こる。

「ならば、我らも」

「今度こそ、こちらが」

南町奉行所の者が意気込む。

また、重き罪の者を捕らえると、慣習として町奉行から配下たちに金一封の褒美が出される。

「お手柄だそうで」

「さすがは南の旦那衆で」

さらに出入り先になってくれている商家から祝儀が出る。

大物を捕まえるというのは、町奉行所の役人にとっては、多いなる利があった。

「……卑しい者どもめ」

牧野大隅守が南町奉行所の役人たちを罵《ののし》った。

「なにより、入牢証文が出されてしまいましたし」

白川が手の施しようもないともう一度繰り返した。

いかに幕府とはいえ、あるていどの歯止めはある。牢屋敷へ送る罪人の記録は取るし、拷問や死罪の執行には、老中の許可が要った。

「仕方なし」

ようやく牧野大隅守があきらめた。

「残りの十六人はどうしている」

「御手配のあった連中は、やはり牢屋敷へ送り、残っている十名ほどを空き屋敷に閉じこめておりまする」

牧野大隅守の問いに白川が答えた。

「……使えそうか」

幕府は罪を自白するまで拘留した。石抱きや海老反りなどといった命にかかわるような拷問は許可なしにできないが、割れ竹で打つとか、髷《まげ》を摑《つか》んで首を左右に揺さぶるとかくらいは当たり前にする。

捕まり慣れてくるとこれくらいでへこたれはしないが、初犯やつい魔が差してとか、頭に血が昇ってとかいった肚《はら》の据わっていない連中は、あっさりと吐く。軽微な罪だと、吐いたその場で吟味方《ぎんみかた》与力が、百敲《ひゃくたた》きだとか入れ墨だとかの判断を下し、さっさと咎めを終わらせてしまう。

牧野大隅守はそのていどの者ばかりではないだろうなと訊《き》いたのであった。

「はい」

白川がうなずいた。

「二人ほど、御手配にはございませんが、よき面構えの者がおりました」

「ほう……」

すっと牧野大隅守が目を細めた。

二

北町奉行曲淵甲斐守の家臣で、内与力《うちよりき》に任じられている城見亨《しろみとおる》は、日本橋の酒問屋播磨屋伊右衛門《いえもん》と向かい合っていた。

「無宿者狩りとは思いきったことをなさいますな」

播磨屋伊右衛門がため息を吐《つ》いた。

日本橋は江戸城からも近く、東海道の起点でもあるため、人通りが多く、無宿者などは近よろうともしない。おかげで無宿者狩りの影響はほとんど受けていなかった。

「だな」

同席している播磨屋伊右衛門の用心棒頭《がしら》を務めている浪人の池端《いけはた》が同意した。

「危ういところであった」

やはり用心棒の志村《しむら》もうなずいた。

「危うい……」

志村の言葉に、亨が首をかしげた。

「捕まるところだったということよ。拙者は不逞《ふてい》浪人だからな」

苦笑しながら志村が答えた。

「不逞浪人などではなかろう」

「今はな。播磨屋どのに雇われるまでは、叩《たた》けば埃の出る生活をしていた。知っているだろう」

「……………」

志村の話に亨は黙った。

江戸は浪人に厳しい。

国中の大名が集まる江戸城下なれば、あらたな仕官の口も見つかるのではないかと、淡い期待を抱いて集まってくる浪人は多い。しかし、戦がなくなって、どうやって藩政を保とうかとの風潮が主となった今、人を雇おうとする大名家は皆無であった。

夢破れた浪人に待っているのは、困窮だけであった。

江戸へ出てくる路銀だけで金を使い果たす者も少なくない。となれば、墜ちていくのは闇しかなくなる。

志村もその一人で、なまじ剣の腕に自信があったのがよくなかった。志村は少し前まで、金で雇われる刺客をしていた。そして刺客の末路を思い知り、足を洗って播磨屋伊右衛門の用心棒となっていた。

「実際、ちと遊びに出たとき、無宿者狩りに遭ったしの」

「なんだとっ」

淡々と言った志村に亨が驚愕した。

「なにせ浪人は無宿者の代表のようなものだからの。それこそ手当たり次第だぞ。もっとも浪人だとはいえ、寺子屋をやっているとか、商家の帳面付けをやっているとかだと捕まえもしねえがな」

「志村さんは、播磨屋の用心棒でございますからね。無宿者狩りで連れていけるはずもございません」

播磨屋伊右衛門が付け加えた。

酒問屋の老舗として江戸中に知られている播磨屋は、老中だけでなく江戸城にも出入りをしている。まちがえてでもその係人に縄なんぞかけようものなら、担当の同心だけでなく、町奉行にも影響は出た。

「ああ、播磨屋どのの名前を出すだけで、あっさりと見逃してくれた」

志村が軽く一礼して播磨屋伊右衛門に感謝の意を伝えた。

「いえいえ。こちらこそ助かっておりますからね」

播磨屋伊右衛門が手を振った。

「ところで城見さま」

志村から亨へと、播磨屋伊右衛門が目を移した。

「無宿者狩りについて、なにかご存じではございませぬか」

播磨屋伊右衛門が亨に尋ねた。

「拙者のもとにはなにも入ってきておらぬ。北町奉行所の者どもも、無宿者狩りをするとの通達を受けたとき、戸惑った顔をしていた」

いかに月番だからといって、なんでもできるわけではなかった。

北町奉行所、南町奉行所には一応の縄張りがあり、大川以北を北町奉行所が、以南を南町奉行所が担当することになっている。

無宿者狩りなどのように、江戸の市中すべてにかかわる大がかりなものをするには、あらかじめ両奉行所の調整が要った。

「前もってではなく」

「さようでござる。一日前の昼過ぎでござった」

確認した播磨屋伊右衛門に、亨は告げた。

「……ふむ」

播磨屋伊右衛門が眉間《みけん》にしわを寄せた。

「どうかなさったのか」

亭が播磨屋伊右衛門の様子に怪訝な顔をした。

「いえね。少し気になりまして」

「たしかに」

播磨屋伊右衛門からちらと見られた池端が首肯《しゅこう》した。

「…………」

「わからねえといった面だな」

戸惑う亭を志村がからかった。

「ついこの間、播磨屋どのの命を狙おうとした野郎がいたろう」

「ああ、吉原から話のあった」

すぐに亭は納得した。

「だが、あの話は流れたと聞いたぞ」

亭が続けた。

「相生屋《あいおいや》からそう言ってきたが、理由はどうであった」

志村が思い出せと亭を促した。

「たしか、金が払えないであったはず」

　亨が答えた。

　志村と亨はともに剣の腕で互いを認め合い、年齢とか身分をこえたつきあいをしている。言葉遣いも崩れたものであった。

「無宿者狩りは金がかからねえぜ」

「……なにを言いたい」

　口の端を吊《つ》り上げた志村に、亨が戸惑った。

「捕まった無宿者だが、どうなるか知っているか」

「いや」

　亨はまだ江戸町奉行所の内与力になって日が浅い、細かいところまで把握できていない。ましてや何十年に一度おこなわれるかどうかといった無宿者狩りのことなど、まったくわかっていなかった。

「城見さま。狩りで捕まった無宿者は、佐渡金山へ水替え人足として送られるのでございますよ」

「水替え人足……」

播磨屋伊右衛門の説明に、亨がより困惑した。

「金山は穴を掘る。それはご存じで」

「さすがにそれくらいは」

確かめた播磨屋伊右衛門に亨が首肯した。

「佐渡の金山も最近は掘りすぎたのか、よほど深くまで穴を開けなければ金が見つからなくなっているそうでして。そうなると穴に水が出やすくなりまする」

「その水をくみ出すのが、水替え人足」

「はい」

気づいた亨に播磨屋伊右衛門が首を縦に振った。

「深い穴の底から桶《おけ》で水をかい出すのは、かなり重労働のうえ、危険でございまする。穴が崩れたり、鉄砲水のような地下水に当たったり、まず三年とは生きていけぬとか」

「三年……短い」

亨が唖然《あぜん》とした。

「遠慮なく使い潰《つぶ》すからな。無宿者は人別がない。ようは人として扱わなくていいのだ」

志村が口を挟んだ。

「たしかに江戸にいても碌《ろく》なことをしませんし、下手に帰ってこられても困りますので」

播磨屋伊右衛門が仕方ないことだと認めた。

押し借り、恐喝、商いの邪魔をして少しでも金にしようと考える無宿者は、商家にとって迷惑以外のなにものでもなかった。

「つまり無宿者狩りは、死罪も同然だと」

「そうなりまする」

亨の発言を播磨屋伊右衛門が認めた。

「これでわかったろう。捕まった無宿者は、佐渡へ送られたら終わりだ」

そこまで言った志村が、亨を見た。

「まさか……」

亨が絶句した。

「放免を餌《えさ》にされたら、従うだろうよ、無宿者も。播磨屋どのを襲うくらいで生き延びられるなら、引き受ける者はいくらでもいよう。ただでもな」

「そんなまねを南町奉行ともあろうお方がする……」

「南町奉行まで上った御仁なればというところでしょうか」

驚愕《きょうがく》を引きずっている亨に播磨屋伊右衛門が述べた。

「詳細を調べてくれねえか。どのていどの無宿者が捕まって、どこに閉じこめられているかを」

志村が亨に求めた。

「わかるだろうか」

もし牧野大隅守が企んだことならば、詳細は隠そうとするはずである。亨が不安そうな顔をした。

「同じ八丁堀《はっちょうぼり》に住む町方《まちかた》役人同士だぞ。事情くらいは入ってくるだろう」

「……やってみよう」

亨が志村の言葉に応じた。

内与力は、町奉行となった旗本の家臣から選ばれる。通常三人から五人、町奉行所諸役人と町奉行の間を取りもつ他、役宅の維持管理などにも責任を負った。

「少しよろしいでしょうか」

町奉行役宅に戻った亨は、下城してきた曲淵甲斐守の都合を尋ねた。

「かまわぬぞ」

曲淵甲斐守が許した。

「南町奉行所がおこなっておりまする無宿者狩りについて、問い合わせをいたしたく存じまする」

内与力は町奉行所では筆頭与力格を持つ。そのへんの同心ならば顎《あご》で使えるが、いったところで曲淵甲斐守の家臣でしかない。主《あるじ》に無断で動くのはまずかった。

亨は許可を願った。

「無宿者狩り……か。なぜ、余が思いつかなかったか」

曲淵甲斐守が悔しそうな顔をした。

「聞けば、長年御手配から逃げていた下手人を二人も捕まえたというではないか。田沼主殿頭さまに叱《しか》られて以来、小さくなっていた牧野大隅守が最近城中を肩で風を切って行きおる」

「…………」

いかに信頼されて内与力に抜擢《ばってき》されたとはいえ、陪臣《ばいしん》でしかない亨が、旗本、それも町奉行という役職に就いている牧野大隅守を非難することはできない。亨は無言で曲淵甲斐守の話を聞いた。

「まったく、下手人を捕まえることだけが、町奉行の役目だと思っておる。町奉行は寺社奉行、勘定奉行とともに幕府の政にかかわる重要な役目じゃ。それをないがしろにし、無宿者を追い回し城下を騒がすなど……」

よほど気に入らないのか、曲淵甲斐守が延々と罵った。

「……で、そなたは無宿者狩りのなにを知りたいと申すのだ」

曲淵甲斐守がようやく本題へと帰ってきた。

「本日……」

そこで亨は、さきほどの播磨屋伊右衛門たちとの遣《や》り取りを告げた。

「……むっ」

聞き終わった曲淵甲斐守が眉をひそめた。

「ただで使える刺客……か」

曲淵甲斐守が腕を組んだ。

「それで無宿者狩りの結果を知りたくなったと」

「さようでございまする」

主君の確認に亨はうなずいた。

「播磨屋伊右衛門を失うわけにはいかぬ。江戸の商家に大きな影響を持つ播磨屋伊右衛門との繋《つな》がりは大切である。それに世間はすでに余と播磨屋伊右衛門が組んでいると見ている」

江戸を代表する大店《おおだな》の主と北町奉行との交流には誰もが興味を持つ。

「その播磨屋伊右衛門をなすすべなく死なせてしまえば、余の名前は地に墜ちる。かかわりのある者さえ守れぬ奉行に、江戸の城下を任せてよいのかという非難が起こるだろう」

「…………」

亨がことの大きさに息を呑《の》んだ。

「左中居《さなかい》を呼べ」

「はっ」

筆頭与力の名前を出した曲淵甲斐守に亨が手を突いた。

三

北町奉行所は前任の筆頭与力竹林《たけばやし》一栄《かずえ》が曲淵甲斐守に反してその排除に動き、敗北して追放された。その結果、年番方《ねんばんかた》与力であった左中居作吾《さくご》が筆頭与力へと昇進していた。

竹林一栄の末路を見たうえでの出世である。左中居作吾が曲淵甲斐守に逆らおうと思うはずなどなかった。

「お召しと伺いましてございまする」

左中居作吾が曲淵甲斐守の前に控えた。

「うむ。忙しいところをすまぬな」

町奉行は旗本として出世頭になる。不浄と呼ばれる罪人捕縛などに手慣れてはいない。どうしても世襲で職務に通じている与力や同心に頼ることになる。

降伏したに等しい左中居作吾への対応は険しいものではなくなっていた。

「南町が無宿者狩りをしておるの」

「はい」

確かめた曲淵甲斐守に左中居作吾が首肯した。

「かなりの効果を出しているらしいな」

「……申しわけございませぬ」

皮肉だと受け取った左中居作吾が詫《わ》びた。

「そなたを責めておるのではないぞ。思いきった手段を執ったものだとは思っておるがの。余は町奉行の役目をそのていどのものとは考えておらぬ」

謝罪は不要だと曲淵甲斐守が手を振った。

「畏《おそ》れ入りまする」

左中居作吾が顔をあげた。

「ではなにを」

「無宿者狩りの成果を知りたい。正確にだ」

「成果を……何名が捕まって、そのうち幾人が牢屋敷送りになったかとかでございましょうや」

曲淵甲斐守の求めるものを左中居作吾が口にした。

「うむ」

「それでしたら、明日にでもご報告できまする」

左中居作吾が大丈夫だと応じた。

「隠しておらぬのか、南町の者どもは」

意外だと曲淵甲斐守が驚いた。

「手柄だと自慢をしてくれておりまする。少しおだてれば、隅から隅まで話してくれましょう」

「頼んだ」

胸を張った左中居作吾に曲淵甲斐守が述べた。

八丁堀は白河藩松平家の上屋敷を除けば、そのほとんどが町奉行所にかかわる与力、同心の組屋敷になっている。南北合わせて与力四十六騎、同心二百四十人を中心に、町奉行所の雑用をこなす小者などが、一つの町を形成していた。

また不浄職と忌み嫌われるために、外との交流はほとんどなく、婚姻、養子縁組などをすませてしまうため、南北の所属にかかわりなく皆一族のような状況であった。

「おるかの」

日が暮れたころ、左中居作吾が酒を持って、三軒隣の南町奉行所筆頭与力一柳左《いちやなぎさ》太夫《だゆう》のもとを訪れた。

「これは、左中居さま」

一柳左太夫の表門を入ったところの小部屋で、飲み食いをしていた御用聞きたちが慌てて頭を下げた。

「気にせずともよい。続けておけ。これから夜回りに行くのだろう。腹が減っては戦はできぬぞ」

左中居作吾が笑いながら、御用聞きたちの前を通過した。

「すいやせん」

左中居作吾が屋敷へ入ったのを見て、御用聞きたちが食事を再開した。

八丁堀の与力、同心の屋敷には、いつ来ても腹を満たせるようにと、飯びつ、煮染め、酒などが用意されていた。

手当も満足にもらっていない御用聞きや下っ引きにとって、これほどありがたいものはなかった。

「おい、おるか」

背中に御用聞きたちの箸《はし》の音を聞きながら、左中居作吾がもう一度声をかけた。

「誰じゃ。おう、作吾か。どうした、まあ、上がれ」

町方の屋敷は普通の武家屋敷と違い、来客は御用がらみが多い。そのため、ほとんどの屋敷では、いきなり当主が応対に出た。

「大手柄を祝ってくれようと思っての」

左中居作吾が酒瓶を持ちあげて見せた。

「おう、播磨屋の下り酒じゃねえか。そいつは豪勢だ」

一柳左太夫が目尻を下げた。

「上がれ、上がれ。おい、左中居が来た。酒は持参してくれたゆえ、肴を用意してくれ」

左中居作吾を歓迎した一柳左太夫が、家人に指示を出した。

「よいのか。祝いの酒を届けに来ただけだぞ」

「水くさいことを言うな。子供のころからのつきあいであろう」

遠慮した左中居作吾の背中を一柳左太夫が叩いた。

「それに訊きたいことがあるのだろ」

一柳左太夫が声を低くした。

「……見抜かれたか」

左中居作吾が苦笑した。


「まあ、座れ」

「遠慮なく」

一柳左太夫の勧めに、左中居作吾が腰を下ろした。

「まずは酒だ」

家人が用意した盃《さかずき》を一柳左太夫が差し出した。

「もらおう」

左中居作吾の盃に酒が注がれた。

「貸せ」

酒瓶を取りあげて、左中居作吾が一柳左太夫の盃を満たした。

「……うまいな。さすがは灘《なだ》の下り酒だ」

一気に干した一柳左太夫が舌を鳴らした。

「だろう」

それを見てから左中居作吾も盃を呷《あお》った。

「…………」

しばらく無言で盃の応酬が続いた。

「さて、喉も舌も十二分に湿らせた」

用件に入れと一柳左太夫が盃を置いた。

「ああ」

左中居作吾も同意した。

「無宿者狩りについてだな」

「そうだ。成果を知りたい」

一柳左太夫の確認に左中居作吾がうなずいた。

「隠すほどのことではないしの。どうせ奥右筆さまのもとへ問い合わせれば、わかることだ。捕まえたのは全部で十八人、いや、今日大木戸で一人新たに縛ったので、つごう十九人だな。そのうち下手人が二人、盗賊として手配されていたのが三人。残りはまだなにをしたか、していないか、わかっておらぬ」

あっさりと一柳左太夫が告げた。

「ということは入牢五人、十四人が留めか」

「ああ。そうなる」

左中居作吾の計算を一柳左太夫が認めた。

「浪人は何人おる」

「八人だ。もっともうち二人は、どうやら身許引き受け人が出そうだ」

「なるほど、六人がろくでもないと」

「ろくでもないのは、十二人だぞ」

浪人以外もまともではないと、一柳左太夫が訂正した。

「たしかにな」

町方役人にとって、無宿者は面倒なだけであった。食べていけないから悪事をおこなう。一人、二人捕まえたところで次から次へと江戸に集まり、数は減らない、一度や二度捕まえたところで反省もしない。

「よくもまあ、十二人も押さえておけるものだ」

左中居作吾が感心した。

無宿は罪ではなかった。たんに人別がないだけで、なんの罪も犯していなければ、放免しなければならない。放免したくなくとも、しなければならないのだ。これは牢屋敷の収容力の問題であった。

牢屋敷は徳川家康が江戸に入った天正のころ設立された。当初は常盤橋《ときわばし》御門外にあったが、家康が征夷大将軍となったことでお城側に不浄な牢屋敷を置くのはよろしくないと慶長年間に今の日本橋小伝馬町へと移された。

小伝馬町の牢屋敷は、敷地およそ二千六百十八坪（約八千三百六十九平方メートル）あり、大きく東と西の二つに分かれていた。東も西も構成は同じで、身分ある者を収監する揚屋、庶民の大牢、二間牢となっている。

かつては東も西も区別はなかったが、九代将軍徳川家重のころに、東を人別を持つ者、西を無宿者とに分けた。

当然、無宿者が多く収監されたため、西牢はいつも満杯状態であった。

これは小伝馬町の牢屋敷が懲罰のためのものではなく、取り調べをするための場所であったからである。

幕府の刑は、自白を主としている。

「畏れ入りました」

「あっしがやりました」

こう言わないかぎり、刑は確定されない。

「この眼で見ました」

「殺された者の胸に刺さっていた匕首《あいくち》は、こいつの持っていたものと同じで」

どのような証言があろうとも、それだけでは罪にならなかったのだ。

当然、認めてしまえば刑が決まり、下手をすれば首がなくなる。

「知りやせん」

「あっしじゃございません」

疑われた者は、必死で否定する。

「さっさと白状しろ」

「無駄な抵抗は止《や》めろ。おめえの仕業とわかっているんだ」

認めさせるために拷問がおこなわれる。

しかし、命がかかっているとなれば、そうそう拷問にも屈しない。とくに何度も捕まったような無宿者は、簡単には折れなかった。

だからといって放免はできなかった。捕まえた以上、なにかしらの罪を与えなければ、町奉行所の面目が潰れてしまう。

自白させたい町奉行所、認めたくない無宿者。こうなってしまえば、牢屋敷から出すわけにはいかなくなる。

そこへ新しい無宿者が捕まって牢屋敷へ送られてくる。

牢屋敷に放りこまれている無宿者の数は減らず、増える一方になる。当然、どこかで限界が来る。

「狭いな」

横になるどころか、座ってもいられなくなると、不満が爆発する。

「やってしまえ」

態度の悪い奴、いびきをかく奴など、不快感を与える者を集団で私刑にする。

抵抗できないようにした奴の顔に小便で濡らした布を貼り付けて窒息させたり、

声を出せないように猿ぐつわを嚙《か》ませた後、金玉を蹴り潰す。

「朝起きたら、死んでやした」

牢を仕切る牢名主から、翌朝申告され、

「心の臓の発作じゃの」

呼ばれた牢医師が病死と診断する。

もちろん、その裏はわかっているが、牢屋敷としても収容人員を増やすことはできないし、無罪放免と解き放つこともできないため、やむを得ぬ処置として見ぬ振りをする。

無宿者とはいえ、殺せば下手人になる。それが幕府の牢屋敷で堂々とおこなわれているというのはまずい。

「今しばし、お待ちを」

無宿者狩りの効果は認めているが、それをおこなえる状況にはない。町奉行がやる気を出したとしても、筆頭与力や牢奉行が諫《いさ》める。

これが無宿者狩りは滅多におこなわれないという裏事情であった。

「反対はしたのだぞ」

一柳左太夫が左中居作吾に告げた。

「石出帯刀《いしでたてわき》どのにも来ていただいて、説得してもらったのだが……」

「大隅守さまが聞かなかったと」

牢奉行と筆頭与力の二人で、無宿者狩りは無理、止めてくれと言ったのだがと、首を横に振った一柳左太夫に左中居作吾がため息を吐いた。

「強硬に言われてはの。江戸の町を守るためという大義名分は、お奉行にある」

「やはり大隅守さまのお指図か」

左中居作吾が瞑目《めいもく》した。

「そちらが悪いのだぞ」

一柳左太夫が恨み言を口にした。

「悪いと言われてもの。もともと北町奉行と南町奉行は、出世の敵同士。互いに相手を蹴落とそうとするのは習い性のようなものぞ」

こっちの責任ではないと左中居作吾が手を振った。

「で、なんのために無宿者狩りのことを知りたがった」

今度は一柳左太夫が問うた。

「お奉行さまのご指示でな」

苦そうな顔で左中居作吾が盃に酒を満たした。

「こっちは話したのだ。そっちも言うのが義理だろう」

「わかっている」

要求する一柳左太夫を手で制し、左中居作吾が酒を口にした。

「……播磨屋伊右衛門を知っているだろう」

「当たり前だ。知らないわけなかろう」

左中居作吾の確認に一柳左太夫が首を縦に振った。

「その播磨屋伊右衛門を殺すよう牧野大隅守さまの用人から頼まれた者がいる」

「ば、馬鹿な……いや、作吾が言うならば、そのとおりなのだろう」

絶句した一柳左太夫が、すぐに立ち直った。

「その話はどうなった」

「潰した」

訊かれた左中居作吾が詳細を省いて告げた。

「どうやって潰したかは、聞かぬほうがよいようだ」

一柳左太夫が納得した。

「…………」

ちらと見た一柳左太夫に対して、左中居作吾はなにも言わなかった。

「それと今回の無宿者狩りにどういったかかわりがあると……」

「捕らえた無宿者のうち、牢屋敷へ送られなかった連中の始末はどうなる」

首をかしげた一柳左太夫に左中居作吾が尋ねた。

「どうなる……罪をあきらかにして、咎める者は咎め、そうでないものは放免になる」

一柳左太夫が答えた。

「誰が決める」

「吟味方与力だろうな」

「お奉行ではないのか」

左中居作吾が問うた。

「このていどのことに、お奉行が口出しされることはない」

「お主はどうかの」

確かめた左中居作吾に一柳左太夫が述べた。

「拙者が出られればよいがの」

「………」

左中居作吾が無言で、一柳左太夫を見つめた。

「……なにを気にしている」

一柳左太夫が怪訝な顔をした。

「………」

それでも左中居作吾は口をつぐんだ。

「まさか……」

さっと一柳左太夫の顔色が変わった。

「お奉行が出てくると」

「ないとは言えまい」

左中居作吾が冷たく述べた。

軽罪は吟味方与力が取り調べをして、咎めを言い渡すのが慣例になっているが、これはあくまでも便宜上でしかなかった。

本来ならば、すべての罪は町奉行が調べ、裁定を下さなければならない。ただ、町奉行が幕政に参加するなど多忙ゆえに、吟味方与力が代わっているだけなのだ。

つまり町奉行が放免すると決めれば、誰も止められない。

「内与力の代行はどうだ。北町は認めぬぞ」

左中居作吾が町奉行ではなく、その意を受けた者が来たときはどうすると訊いた。

「それは許されぬ。内与力が筆頭与力格だといったところで、奉行の家臣であることはまちがいない。陪臣に町方の役目を果たさせるわけにはいかぬ」

一柳左太夫も拒否すると述べた。

「当然だな」

満足げにうなずいた左中居作吾が腰をあげた。

「その酒をあとで一斗ほど届けさせよう」

左中居作吾が酒瓶を指さした。

「すまんな。なにかあれば報《しら》せる」

一柳左太夫が応じた。

四

江戸城内を歩いていた牧野大隅守を目付が呼び止めた。

「大隅守どの」

「これはお目付の衆。なにか」

牧野大隅守が怪訝な顔をした。

目付は幕府の監察であり、将軍へ直訴できるという権を持つ。役高千石とさほど身分の高い者ではないがその矜持《きょうじ》は高く、加賀百万石の前田であろうが、薩摩七十七万石の島津であろうが、呼び捨てにする。その目付が己に敬称を付けた。

「お城下のこと聞きましたぞ」

「ああ、無宿者狩りのことでございますな」

格式身分は町奉行が上になる。牧野大隅守は傲慢《ごうまん》、あるいは卑屈と取られないような言いかたをした。

「町奉行はお城下の安寧静謐《せいひつ》を守るのがお役目。昨今、町奉行としてのお役目の本質を忘れ、要らざることに手出しをする者が多くなり懸念いたしておりましたが、いや、お見事でござる」

目付が牧野大隅守を称賛した。

「いや、過分でござる。町奉行は罪人を捕縛するのが仕事」

牧野大隅守が謙遜をした。

「まことにまことに。目付部屋でも大隅守どのの評判はよろしゅうござる。これからもお役目に精進なされ」

「お任せあれ」

目付衆の言葉に牧野大隅守がうなずいた。

「では、これにて」

立ち話を咎めるのも目付の役目といえば、役目になる。素早く目付が牧野大隅守から離れ、なにもなかったかのように廊下を真っ直ぐ歩いていった。

「ふふふ、目付が声をかけてくるとはの」

牧野大隅守が小さく笑った。

町奉行に出世する者は、目付を経験している場合が多かった。目付から遠国奉行を経て、町奉行や勘定奉行へと出世していった。

実際、牧野大隅守も曲淵甲斐守も目付をしたことがあった。

「甲斐守がどのような顔をしておるか、楽しみじゃ」

毎朝、町奉行は登城し、役座敷である芙蓉《ふよう》の間に詰めていなければならない。無宿者狩りの成果が出るまで、曲淵甲斐守は牧野大隅守を目に入れようともしなかった。

「昨日はおもしろかったの。余が芙蓉の間に入るなり、目を逸《そ》らしおった」

牧野大隅守が楽しそうに頬を緩めた。

いない者として扱うというのは、価値を一切認めていないと同義になる。それが目を逸らしたのだ。つまり、牧野大隅守のことを曲淵甲斐守がふたたび意識し始めた証拠であった。

「おはようござる」

まだ笑いを残したまま、牧野大隅守が芙蓉の間の襖《ふすま》を開けた。

芙蓉の間は、御用部屋で仕事をする老中、若年寄《わかどしより》を除いた役人たちの詰め所としては、上から六番目になる。

最上席になる溜《た》まりの間には老中に次ぐ京都所司代、大坂城代が、二番目の雁《かり》の間には高家が、そして三番目が番方の大番頭、書院番頭、小姓《こしょう》番頭となっている。

これは幕府が武によって成りたっていることから来ており、役職としての格では旗本でもっとも高い留守居は、町奉行と同じ芙蓉の間になった。

そして芙蓉の間には、奏者番、寺社奉行、留守居、大目付、町奉行、勘定奉行、作事奉行、普請奉行が席を与えられていた。

「おう、大隅守か」

大目付が手をあげた。

「ご機嫌でございますな」

普請奉行が軽く頭を下げながら、牧野大隅守へ挨拶を返した。

「…………」

すでに芙蓉の間に入っていた曲淵甲斐守は牧野大隅守へ応じなかった。

「大隅守よ」

寺社奉行牧野《まきの》備中《びっちゅうのかみ》守貞永《さだなが》が、牧野大隅守を呼んだ。

「御用でございますか」

本家にあたる牧野備中守のもとへ、牧野大隅守が近づいた。

「そなたがおこなっている無宿者狩りのことじゃがの」

「あれでございまするか。おかげさまでまずまずの成果をあげておりまする」

さきほど目付に褒められた高揚が残っていた牧野大隅守は、自慢げに胸を張った。

「……それだがの」

一瞬牧野備中守が苦そうな顔を見せた。

「なにか……」

上役や目上の微細な変化を読み取れないようでは、町奉行まで上ってこれはしない。たちまち牧野大隅守の声がしぼんだ。

「…………」

牧野備中守が、黙って周囲を見回した。

「少し、出よう」

注目を集めていることに気づいた牧野備中守が、牧野大隅守を誘って芙蓉の間を出た。

「なんの話をいたすのでござろうな」

大目付が興味を持った。

「褒めてやるといった感じではなかったの」

留守居も同意した。

「おそらく無宿者狩りを止めよと言われるのでございましょう」

曲淵甲斐守が口を挟んだ。

「甲斐守、それはどういうことじゃ。無宿者狩りはかなりの効果を出していると聞いたぞ」

「もし、同役の手柄に嫉妬《しっと》してのことならば、吾《わ》が身を恥じよ、甲斐守」

大目付と留守居が曲淵甲斐守を見た。

「嫉妬ではございませぬ」

曲淵甲斐守が否定した。

大目付も留守居も旗本としては顕官になる。しかし、どちらも今は飾りだけの役目になっていた。

大目付は大名目付ともいわれることからもわかるように、大名たちを監察し、その非違を糺《ただ》す。その本来の権限は大きく、廊下で出会えば大名たちが脇に避けて道を譲るほどである。されど、今は閑職の最たるものとなっていた。

二代将軍から三代将軍にかけて惣《そう》目付、今の大目付だった柳生但馬守宗矩《やぎゅうたじまのかみむねのり》が、徳川にまつろわぬ外様大名たちをわずかな傷で取り潰した。その総石高は四百万石とも五百万石ともいわれ、禄を奪われた浪人は十万をこえた。

その浪人たちの不満を軍学者由井正雪《ゆいしょうせつ》が利用し、慶安の変がおこった。訴人が出たことで、由井正雪の叛乱《はんらん》は未然に阻止された。が、江戸城下を火の海にしたうえで、将軍を討ち果たすという綿密な計画は幕閣を震えあがらせるに十分であった。

「浪人をあまり増やすのはよろしくない」

結果、幕府の方針は転換、無闇矢鱈《やたら》と大名を潰さなくなった。こうして大目付の権は無意味なものとなった。

留守居も同じであった。その名前からもわかるように、留守居は将軍が江戸城を離れている間の留守をする。その権限は十万石の大名にも匹敵するほど強大なものであるが、将軍が江戸城から出なくなってしまえば、出番さえなくなる。

それでも大目付、留守居になりたがる者が多いのは、己ではなく跡継ぎに大きな影響が出るからであった。

旗本としての極官とされる大目付、留守居は大名の一歩手前にあたる。その役目に長くいれば、功績大として一万石に加増され、大名に列することもある。他にも跡継ぎの待遇も別格になった。家督相続をすませて、寄合として無役である期間がほとんどなくなるうえ、初役がいきなり書院番頭や小姓組頭という高いところからになるのだ。

そうなれば、後々の出世も早く、お側御用取次や側用人などの大名役に手が届く。留守居や大目付になり、これ以上出世はしないとわかっていながら、まだまだ生臭いのは、そのためであった。

「どうしてそう思う」

留守居が曲淵甲斐守に問うた。

「町奉行所の無宿者狩りに対して、無宿者どもがどういたすとお考えでございましょう。捕まれば、まずまちがいなく佐渡送りになりまする」

「ふむ」

曲淵甲斐守の問いに留守居が顎を撫《な》でた。

「潜むのであろう。町奉行所の目を盗んで」

大目付が口を出した。

「……お留守居さまはどう」

曲淵甲斐守は留守居にも答えを求めた。

「江戸から出るのではないか。出てしまえば、町奉行所の手は及ばぬし、代官や大名では無宿者をどうこうするだけの力はない」

留守居が告げた。

「まさにお二人の仰せられるとおりでございまする。さすがは御上を支えておられる重鎮方」

曲淵甲斐守が二人を讃えた。

「世辞は無用じゃ。それと先ほどの牧野備中守どのの態度がどう重なるのだ」

少しだけ声音を柔らかくした留守居が訊いた。

「お二人のお答えを合わせていただくとおわかりになりましょう。町奉行の手の届かないところに潜む」

「寺社か」

窺《うかが》うように言った曲淵甲斐守に、大目付が思いついた。

「なるほどの」

留守居も首肯した。

「じゃが、寺社に無宿者が逃げこんだとして、備中守どのに不都合でもあるのか。寺社奉行の権をもって無宿者を捕らえればよかろう」

大目付が納得いかないと述べた。

「それは違うぞ」

留守居が大目付の感想を否定した。

「どのように違うと」

大目付がていねいな口調で尋ねた。

「もし、無宿者が逃げこんだところが、寛永寺であったらどうする。増上寺でも、伝通院でもよいが、御上と縁の深いところぞ」

「……手出しできませぬな」

言われた大目付が首を縦に振った。

「手出しはできぬ。だが、無宿者は寺社に隠れている。それを江戸の町民どもは知っているとなれば、どう思う」

「寺社奉行、情けなしとなりますな」

留守居と大目付がうなずきあった。

「無宿者狩りを終えれば、寺社に隠れた者たちが出てくる。そうなれば、寺社奉行どのの評判にはかかわらぬ」

「はい」

留守居の言いぶんを曲淵甲斐守が認めた。

「一人の手柄は多数の迷惑じゃ」

大目付も嫌そうに言った。

「このあたりで大隅守も退くべきであるな」

「うむ。本家に迷惑を掛けてまで、分家が出世を望むのは、いささか本筋から外れるしの」

芙蓉の間で高位にあたる留守居と大目付が牧野大隅守の手柄を貶《けな》し始めた。

「……………」

すっと曲淵甲斐守が引いた。

「これで無宿者狩りは終わる」

牧野大隅守の目的を摑んでいる曲淵甲斐守にしてみれば、無宿者狩りが続けば続くほど、面倒になる。

佐渡送りを避けたいと願う無宿者の数が増えれば、牧野大隅守の手駒も増強されてしまう。それこそ、播磨屋伊右衛門の持つ戦力では太刀打ちできなくなる可能性もあった。

「よいな」

やがて牧野大隅守と牧野備中守が芙蓉の間へと戻ってきた。

「わかっておりまする」

もう一度念を押した牧野備中守に牧野大隅守が無念そうな表情でうなずいた。

「さて、これであきらめもついただろう」

曲淵甲斐守が独りごちた。

昼過ぎまで町奉行は江戸城にいなければならない。となれば、昼の弁当を用意しなければならなかった。

かといって格上の多い芙蓉の間で弁当を使うわけにもいかなかった。

老中からの呼び出しに備えなければならない町奉行には着替えや弁当を使うための下部屋が用意されており、交代で昼餉《ひるげ》を摂《と》った。

「白川」

「はっ」

下部屋には一人家臣を付けることが許されている。幕府役人と顔を合わすこともあるため、気働きのできる者を連れてきた。

牧野大隅守は用人の白川をよく伴っていた。

「少し出ておれ」

牧野大隅守が曲淵甲斐守の付け人に命じた。

「…………」

主君ではないが、敬意を表すべき相手には違いない。曲淵甲斐守の付け人が無言で一礼し、下部屋の外へ出た。

「叱られたわ」

不機嫌に牧野大隅守が告げた。

「どなたに、なにでお叱りを」

「本家じゃ」

「備中守さまに……」

「無宿者狩りを避けようとした者が、寺社に逃げこんで困るとの」

「それはっ……」

白川が言葉に詰まった。

「足りそうか」

「わかりませぬ。今のところ五名だけでございまする」

「少ないの。なんとかして十名は用意せよ」

白川の答えに、牧野大隅守は満足しなかった。

「十名でございまするか……」

今の倍である。白川は難しいと眉間にしわを寄せた。

「無宿者狩りは明日で終わる。ただ、隅々まで連絡が行くには数日かかろう。わかるな」

「はっ、はい」

牧野大隅守の言葉を白川は理解した。

「ならば、一刻も無駄にするな」

「た、ただちに」

手を振られた白川が急いで下部屋を出ていった。

「……どうやら、ご報告いたすことができたようじゃ」

下部屋の外で待っていた曲淵甲斐守の付け人が白川の背中を見送って、呟《つぶや》いた。

第二章　二つ名の舞

一

亨は、北町奉行所へ帰ってきた曲淵甲斐守を出迎えた。

「参れ」

北町奉行所役宅の玄関で控えていた亨に曲淵甲斐守が命じた。

「……座れ」

執務の書院に入った曲淵甲斐守が、目の前を指さした。

「はっ」

曲淵甲斐守は無駄を嫌う。亨が指定された場所に腰を下ろした。

「本日、城中で南町奉行牧野大隅守が、寺社奉行牧野備中守さまよりお叱りを受けた。無宿者狩りで迷惑を蒙《こうむ》ったとお怒りであったらしい」

「迷惑でございますか……」

聞かされた亨が戸惑った。

「一人の手柄は多数の迷惑だそうだ」

大目付が城中で口にした言葉を曲淵甲斐守は使った。

「多数の迷惑……」

繰り返した亨が気づいた。

「寺社奉行さまの範疇に無宿者が逃げこんだ」

「そうだ。そなたも少しは読めるようになったの」

正解にたどり着いた亨を、曲淵甲斐守が褒めた。

「では、無宿者狩りは終わると」

「だの。始まって十日と少し、短かったの。月番の間も維持できぬとあれば、皆、牧野大隅守の手腕に疑問を持つ。悪手であったな」

曲淵甲斐守が鼻で笑った。

「はあ」

出世の好敵手である牧野大隅守を貶す曲淵甲斐守に亨はなんともいえない応えをするしかなかった。

「わかっておるだろうな」

「……なにをでございましょう」

そんな亨を冷たく見た曲淵甲斐守の問いに、亨は首をかしげた。

「やれ、まだそこまでは成長しておらぬか」

曲淵甲斐守がしみじみとため息を吐いた。

「無宿者狩りが終わったのだ。当然、播磨屋伊右衛門への襲撃がおこなわれるだろう」

「あっ」

亨が腰を浮かせた。

「行け。なんとしても播磨屋伊右衛門を守れ。それまで吾がもとに戻らずともよい」

「承知いたしましてございまする」

指図を受けた亨が、手を突いた。

無宿者狩りで捕まえた連中を閉じこめてある空き屋敷に、白川は顔を出した。

「これは白川さま」

町奉行所の雑用をこなす小者が深々と頭を下げた。

「岩田《いわた》はどこじゃ」

「本日も出向いておられまする」

問われた小者が答えた。

「連れて参れ。今すぐにじゃ」

「へい」

険しい顔で命じた白川に、小者が慌てて空き屋敷から駆け出した。

「……まだか」

白川が苛立《いらだ》ちを見せてかなり経《た》ったころ、ようやく岩田と呼ばれた同心が帰ってきた。

「急な御用でござるか」

「お奉行さまのお指図は聞いたな。無宿者狩りは中止になった」

「昨日の昼には聞こえて参りましたが、よろしいのでございますか」

白川の話に岩田が戸惑った。

「中止に変更はない」

もう一度白川が断言した。

「一応、御用聞きどもには昨日中に報せましたが」

岩田が指示を出したと応えた。

「わかっていると思うが、慌てずともよい。ただ、終わりにいたせとのご指示が出たと記録しておけと。事情もわかっているな」

「慌てずともよく、記録にでございますな……」

岩田は町奉行直属の隠密廻《おんみつまわ》り同心である。定町廻《じょうまちまわ》り同心を長く勤め、経験を積んだ腕利きが選ばれる隠密廻り同心こそ、町奉行の懐刀であった。

「町奉行所に近い金座辺りの御用聞きから、ゆっくりと本所深川、浅草へと伝言するようにしておりまする」

岩田は牧野大隅守の意図をしっかりと汲み、無宿者狩りを中止したとの実績を作りながら、末端にいたるまでのときを生み出していた。

「さすがじゃ」

白川が感心した。

「望めそうか」

「難しゅうございまする。引き延ばしすぎては違和を生じますゆえ、二日ほどしか稼げませぬ。せいぜい、一人、二人増えればよいほうかと」

もっと無宿者を捕らえられるかと訊いた白川に、岩田が首を左右に振った。

「有名どころはすっかり身を隠しておりますし」

「それじゃ。寺社奉行さまから苦情が出たとのことだ」

「やはりそれでございましたか。そろそろ来るかなとは思っておりましたが、いささか早かったですな」

岩田が唸った。

「ご本家だからな、言いやすかったのではないか」

白川が告げた。

寺社奉行にも矜持はある。そもそも譜代大名の出世の皮切りともいわれる寺社奉行だけに、ここで失点を付けるわけにはいかない。心のなかでは要らぬことをと思いながらも、町奉行の無宿者狩りに対抗して、寺社、門前町で無宿者を捕縛するべく努力をする。それでどうしようもなくなってから、文句を言ってくるのが普通であった。

「なるほど」

岩田が納得した。

「ところで、今おる者はどうだ」

「先日お話しした五名の他に一人」

白川の問いに岩田が答えた。

「少ないの。放免してやると言えば、もっと名乗りをあげるだろう」

城中で主君に叱られた白川が、岩田にあたった。

「無宿者を信用してはなりませぬ。あの者どもは、その場さえしのげればいいと、嘘《うそ》を吐くのは当たり前、身代わりにできるならば、妻や子供でも差し出すような輩《やから》でございまする」

岩田が釘を刺した。

「話を持ちかければ、それ幸いと名乗り出ましょう。ですが、この屋敷を出た途端、どこかへ逃げて参りまする」

「そのような者、捜し出して捕まえ、厳罰に処せばいい。今回の無宿者狩りで捕まるていどの輩ではないか」

「…………」

傲慢に言った白川に、岩田があきれた。

「捕まえられるまでに、言いふらしますぞ。南町奉行から播磨屋を襲えと指示されたと」

「なっ……」

白川が絶句した。

「いや、無宿者ごときがなにを言おうが、世間は信じまい」

続けて強く否定した。

「世間はどうでもよいのでございましょう」

「どういう意味じゃ」

すっと真顔になった岩田に白川が息を呑んだ。

「南町奉行に疑義あり。こうご老中さま、お目付さまが耳にされたら……」

「それはっ」

岩田に言われた白川が絶句した。

「なにより、北町奉行の曲淵甲斐守さまが、お見逃しになられますまい」

「……ごくっ」

岩田に止《とど》めを刺された白川が、音を立てて唾《つば》を呑んだ。

「慎重にせざるを得ない理由をおわかりいただけましたか」

「わかった。わかった」

白川が何度も首を縦に振った。

「委細は、おぬしに任せる」

「多少、金は要りまするが」

「わかっている。無限とはいかぬが、できるだけ工面しよう」

金を要求した岩田に、白川が首肯した。

「すべてをお任せくださいますか」

費用の話をすませたところで岩田が、白川に確認を求めた。

「…………」

白川が一瞬ためらった。

「それとも無宿者を取り扱われますか、白川さま」

岩田が白川の顔色を窺った。

「報告は怠るな」

好き勝手をさせるのはまずい、詳細を逐一知らせるようにと白川が条件を付けた。

「わかっておりまする」

岩田が首肯した。

「白川さま」

すっと岩田の雰囲気が変わった。

「な、なんじゃ」

十年以上町奉行所の花形と呼ばれる廻《まわ》り方《かた》同心を続けてきた岩田の持つ気配に、白川が押された。

「もう一度、突き合わせをさせていただきまする」

「ああ」

白川が岩田の求めを認めた。

「日本橋の酒問屋播磨屋伊右衛門の殺害、あるいは没落。これでよろしゅうございまするな」

「……うむ」

岩田の確認に白川が首肯した。

「では、お帰りを。後はわたくしが」

目つきを変えた岩田が白川を促した。

二

隠密廻り同心は、町奉行所の役人のなかで内与力を除いて、ただ一人、町奉行に仕える。他の与力、同心が町奉行所に忠誠を誓うのとは違う。町奉行から選ばれて、直属の配下になるのだ。その権限は大きく、筆頭与力でさえ隠密廻りにかんしては、何一つ影響力を発揮できない。

「お奉行のご意向でござる」

この一言で町奉行所の役人、江戸中の自身番が隠密廻り同心に従う。

その代わり、町奉行が交代すれば、そこで隠居するのが通例であった。

「加増してやる」

もちろん、見返りも多い。

三十俵二人扶持《ぶち》が平均とされる町奉行所同心の禄が、隠密廻りになると三十俵三人扶持とか五人扶持に増やされる。もっとも一代限りで、息子に家督を譲ると加増はなくなる。

「これを遣え」

ほかにも町奉行の御手元金からの下賜があった。

町奉行という役目には、表に出せない部分がある。

由井正雪を例に出すまでもなく、幕府転覆を考える者はかならず出てくる。とはいえ、それを一々公表しては、幕府の権威に傷が付く。

「また謀叛《むほん》か。今の御上に天下を治めるだけの力はない」

侮られれば、簒奪《さんだつ》を考える者が現れるかも知れないのだ。

そう町奉行所には誇れない功績もある。そして、自慢できないことをするには、帳簿外の金がどうしても要るのだ。

与力や同心は、禄を与えられているので、特別なことをしたからといって格別な報酬は不要である。やる気の問題があるので、いささかの褒賞は出さなければいけないだろうが、それくらいならば町奉行がどうにでもできる。

しかし、町奉行が表だって金を出せるのは、あきらかにできるものだけであり、裏の場合は金の出所を知られるのはまずい。後々の出世にもかかわってくるからだ。

何に遣ってもよく、出所を探られるおそれのない金が町奉行所にはあった。それが定員二十五名の与力が二十三名しかいない理由であった。

「金をもらえるのはありがたいし、隠密廻りを経験した者の代替わりは、格別な扱いを受けるのも助かる」

白川を帰した岩田が独りごちた。

町奉行の退任とともに隠居しなければならない隠密廻りには、もう一つ利点があった。隠居した後に同心として出仕する跡継ぎの出世が早いのだ。

通常、同心は見習いから諸役を地道に経験し、十年から二十年かけて廻り方同心へとなっていく。言わずもがなだが、廻り方同心になれずに終わる者のほうが多い。そんななかにおいて、先代が隠密廻り同心を経験していると、その修業期間が半分近くになるうえ、よほど素質にかけていないかぎり、定町廻り同心になれる。

こういった条件がなければ、いかに優遇されるとはいえ、己の決断ではなく町奉行の転任に合わせて引退しなければならないという、隠密廻り同心になりたがる者は少ない。

当たり前の話だが、隠密廻り同心は優秀な者から町奉行が選ぶ。それこそ三十代で隠密廻り同心に任じられることもある。そして十年足らずで町奉行が代われば、四十代で隠居する羽目になる。なかには新しい町奉行に評価されて、そのまま隠密廻り同心を続ける者もいるが、役人というのは基本、己の色に周囲を染めたがる。前任者の癖が付いている隠密廻り同心をそのまま腹心にする町奉行はそうそういなかった。

「……だが、面倒な」

岩田が眉間にしわを寄せた。

「播磨屋を敵に回すなど……」

町屋に精通しているだけに、岩田は播磨屋伊右衛門の影響力の大きさを知っていた。

「……江戸の商家の四半分は、播磨屋となんらかの縁があるといえる」

播磨屋伊右衛門は灘の下り酒を扱う江戸でもっとも大手の酒問屋になる。当然、商売敵とはいえ、他の酒問屋とのつきあいはあるし、料理屋、寺社など商売でのつきあいは多い。

さらに酒好きの商人、大名、旗本にも名を知られている。

そんな播磨屋伊右衛門と敵対するなど、町奉行所の役人としてはとんでもない話である。

だが、町奉行牧野大隅守の指示となれば、受けないわけにはいかなかった。

町奉行は世襲である与力、同心の人事に口出しはしないのが慣例にはなっている。なれど、できないというわけではない。形だけとはいえ、町奉行は与力、同心の上役になる。

「あの者は町方に向かぬ」

奥右筆部屋へその旨を届け出れば、異動させられる。

そもそも町方の与力、同心は、徳川家康が江戸に入ったとき、城下の治安を維持するために町奉行所を設け、そこに徒侍《かちざむらい》、足軽のなかから選ばれた者の末裔でしかない。他の徒侍、足軽が大番組や書院番組、先手組に配されたのと同じでしかなかった。

ただ、町奉行所という罪人を扱う役目に属していると忌避されて一段低く見られているのと、特殊な技能や知恵が必須なため、他から新規で配属するより世襲させたほうが便利だという理由で、留め置かれているに過ぎない。

幕府に町奉行所の与力、同心は世襲にするという明文はないのだ。

「余得を失うのは痛い」

岩田が首を横に振った。

町奉行所の与力、同心の禄は少なかった。与力は二百石内外もらっているので、まだましだが、同心は少ない。三十俵二人扶持は、米にして十四石にしかならないのだ。一石二両としても、精米の目減りを加えると、実質年十二両ていどしかなかった。月に一両では庶民よりも少ない。人足仕事でも一日三百文近くもらえる。月にすれば九千文、一両六千文とすれば、月に一両二分、同心よりも二分多くなる。人足よりも少ない禄で雇っている御用聞きに小遣いを与え、食事の用意などできるはずもない。

人がいなければ、江戸の治安は守れない。そして、人を雇うには金が要る。では、どうするか。

町奉行所の与力、同心は江戸にある商家や大名屋敷と取引をする。

「奉公人が店の金を盗んで逃げまして」

「藩士が岡場所で暴れての」

こういった店や大名家の名前にかかわるような不祥事が起こったときに、表沙汰にならないよう手配する。

「奉公人ではなく、盗賊でござるな」

「浪人ものでございましょう」

捕まえて牢に入れてしまえば、後はどうにもできる。拷問に耐えきれる者は少ない。

「お心遣いありがとうございました」

「かたじけない」

当たり前のことだが、つごうのいい結末をしてくれたとあれば礼金が送られる。

やがて、ことが起こる前に動いてもらうようにしたいと、当家には町奉行所とつきあいがあるので、手出しはしないほうがいいとの抑止力としての役割を求める者が出てくる。

「どうぞ、これを」

「よしなにな」

町方役人の便利さを知った商家、大名のなかからつきあいを深くするために節季ごとに金を包む者が出てくる。これを出入りといい、決まった時期に決まっただけの金が町奉行所の与力、同心のもとへ入る。これが町奉行所の与力、同心の主たる収入になった。

播磨屋伊右衛門ほどになると節季ごとに十両からの金をくれる。いわば大得意である。それに手を出す。岩田が苦そうな顔をするのも無理はなかった。

「とはいえ、お奉行をないがしろにされたままというのもよろしくない。お奉行など怖くないと播磨屋伊右衛門が思いこめば、その風潮が江戸に拡がり、いずれ町奉行所を軽視するようになる」

町奉行所を敬えばこそ、商人たちは金を出す。

「だからといって、町奉行所が出入りの商人を傷つけるなど、ばれれば……」

敵に金をくれるほど、商人は甘くはない。

「なにより、仲間が怖い」

町奉行所の与力、同心が禄だけでは不可能な贅沢《ぜいたく》をしているのは、この商家や大名からの金による。もし、これが岩田のせいでもらえなくなったとしたら、どうなるか。考えるだけでも怖ろしいことであった。

「板挟み……か」

岩田が苦笑した。

「どちらにせよ……」

しばらく考えた岩田が腰をあげた。

「やるしかないか」

岩田が無宿者狩りで捕まえている者を閉じこめている空き屋敷のなかの長屋へと向かった。

「開けろ」

長屋の前で見張っている御用聞きに岩田が指示した。

「へい」

御用聞きが鍵を開けた。

「……ついてこなくていいぜ」

一人で入ると岩田が御用聞きに告げた。

「お待ちくだせえやし。なかにいるのはろくでもねえ野郎ばかりでござんす。旦那がかなりの腕前だとは存じておりやすが……」

御用聞きが止めた。

「大事ねえよ。ここでおいらを襲うような馬鹿ならば、とっくに正体がばれてるさ。それに町方を傷つけて、生きていけるわけなかろう」

岩田が手を振った。

役目柄、同じ町方役人同士で縁組みをすることも多く、仲間意識は強い。御用聞きを含めた町方役人に手出しをした者は、それこそ江戸中を追い回されることになる。そして、捕まったときの拷問は、死んだ方がましだと思うほど厳しいものになった。

「ですが……」

「四郎吉」

まだ渋る御用聞きに、岩田が低い声で名前を呼んだ。

「……へい」

これ以上は許さないとの意味だと悟った御用聞きが引いた。

「鍵かけておけよ」

念を押して、岩田が長屋に入った。

「こりゃあ、旦那。お話は決まりやしたか」

板の間に寝転がっていた無宿者の一人が、岩田に気づいた。

「ごろ吉だったか」

「へい」

岩田の確認に無宿者が起きあがった。

「揃《そろ》ってるな」

岩田が板の間を見回した。

「どこにも行けないんですぜ。揃っていて当然でござんしょう」

若い無宿者が笑った。

「勢いがいいな、下駄小僧」

「……どうしてそれをっ」

通り名を言われた若い無宿者が顔色を変えた。

「商家へ押し入って、密かに金を盗む。なんの跡形も残さないといわれながら、調べてみると数日前に、裏木戸に一本歯の下駄の跡が付いている。一本歯は高下駄だ。高下駄を履いて、家のなかを塀越しに下見をしてから盗みに入る。そこから付いた仇名が下駄小僧だったな」

岩田が下駄小僧を見て笑った。

「…………」

「本所緑二丁目、狸穴《まみあな》長屋」

「そこまでっ」

下駄小僧が宿《やさ》を口にされて絶句した。

「そっちは諍《いさか》いの源太だったな」

「…………」

「喧嘩《けんか》の仲裁をする振りをして、両方の懐から財布を掏《す》る」

別の無宿者の経歴を岩田が述べた。

「そっちは……」

「参りやした」

さらに言おうとした岩田をごろ吉が止めた。

「そうかい。なんならごろ吉、おめえの実家の名前を出してもいいんだぜ。おめえ、家の金を盗んで博打《ばくち》に狂い、博打場で喧嘩、人を刺したことで勘当、人別を抜かれたんだよな。どうりで顔つきが上品だ」

「勘弁してくだせえ」

ごろ吉が岩田に向けて、手をあげた。

「おめえらもどうする」

「畏れ入りやした」

「お許しを」

岩田に訊かれた他の無宿者たちも頭を垂れた。

「隠密廻りを甘く見るんじゃねえぞ」

「思い知らされやした」

ごろ吉がうなだれた。

「さて、おまえたちに一度だけ機をやる」

「なにをすればよろしいので」

岩田の言葉にごろ吉が問うた。

「驚かねえな」

落ち着いているごろ吉に岩田が驚いた。

「あっしら五人だけを集めているとあれば、裏があると思いましょう」

「やるな」

ごろ吉の推測を岩田が認めた。

「正確には、あと一人増える。橋場の雪だ」

「橋場の……よく捕まえやしたね」

岩田の出した名前にごろ吉が息を呑んだ。

「どじを踏んだんだろう。宿を売られた」

「宿を売られた……」

ごろ吉の目つきが変わった。

宿は無宿者をはじめとする無頼にとって、安心して眠ることのできる大事な場所である。当然、宿を知られないように細心の注意を払う。少なくとも宿を知っているというのは、信頼関係を築いている相手になる。

「そう怖い顔をするな。こちらから宿を売らしたならば、ここまで手間取っちゃいねえよ」

岩田が手を振ってかかわりを否定した。

「では、どういうことで」

ごろ吉が詳細を要求した。

宿を知るほどの仲間を売る。これは無宿者や無頼にとって御法度であった。これが横行してしまうと、誰とも組むことができなくなり、一人で頑張るしかなくなる。しかし、どれほど努力したところで、一人ではできることに限界がある。いつか、小さな失敗を重ね、町奉行所や火付《ひつ》け盗賊改《とうぞくあらた》め方に捕まる羽目になってしまう。そうならないようにするため、宿を知るほどの仲での売りは決して許されなかった。

「ちょっとした事情でな、無宿者狩りが終わると発表したのだ」

「……ああ。それで焦ったわけで」

岩田の説明に、ごろ吉が納得した。

無宿者狩りというのは、町奉行所による強権発動に近い。普段ならば見逃されるものでも、徹底して取り締まられる。

「あいつが捕まった」

こうなっても無宿者狩りだと仕方ないとか、不運だったなで終わる。

「捕まるような間抜けじゃねえ。なにがあった」

いつもならば、その裏を気にする連中も、己が身を隠すのに必死で、他人のことまで気にしている余裕がない。

「どさくさにまぎれようとしやがったか」

ごろ吉は、それを利用して橋場の雪という無宿者を町奉行所に訴人した裏切り者がいると気づいたのである。

仲間を売るのは御法度でも、商売敵の足を引っ張るのは無宿者も商人と同じであった。

「こちらとしては助かったがな」

岩田が苦笑した。

「橋場の雪といえば、知れた凶状持ちでござんしょう。捕まれば、まちがいなく土壇場で首を打たれる」

ごろ吉が橋場の雪の処遇を気にした。

土壇場とは、牢屋敷にある処刑場のことだ。首を斬り落とした後、噴き出る血を溜めておくために掘られた穴の土を利用して作られた一段高い場所をいい、そこに死刑囚は座らされて、穴の上に首が来るよう押さえつけられた。

「幸いに、密告はおいらのところに来たのでな。橋場の雪とは報せていない」

「……こりゃあ」

岩田の説明に、ごろ吉が目を細めた。

「どうやら、ろくでもねえことになりそうでござんすねえ」

「そうか。褒賞はしっかりと払うぜ。それも高価なものを」

ごろ吉のため息に岩田が口の端を吊り上げた。

「褒賞……御上がくださるとはどれくらいですかね。百両もいただけやすか」

下駄小僧が興奮した。

「そんな安いものじゃねえよ」

一度岩田が言葉を切った。

「………」

じろりと岩田が、全員の顔を見た。

「……おめえらの命だ」

岩田が冷静に述べた。

三

曲淵甲斐守の町奉行所を一つにするという案は、まだ田沼意次のなかで止められていた。

「難しいの」

幕府も創立から百七十年をこえている。臨機応変を旨とする武断は姿を消し、前例を金科玉条とする文治へと方針は変化している。

つまり大きな変化を幕府は望んでいない。ましてや、旗本たちにとって垂涎《すいぜん》の役目である町奉行の席を一つ減らすなど、知れた途端に大反対が起こるのは火を見るより明らかであった。

「これには老中どもも信用できぬ」

今の老中たちは、田沼意次の引きでその地位に昇った者ばかりである。皆、田沼意次の顔色を窺ってくれる。

しかし、これへの賛同は望み薄であった。

老中といえども、世間の柵《しがらみ》からは逃れられないのだ。町奉行になりたがる旗本を分家に持っていたり、金をもらって嘆願を受け付けていたりする。

町奉行所を減らすことで浮いた金を老中の活動資金にするといったところで、首を縦に振ることはない。皆、新しいことをする気などなく、ただ老中という地位にすがっていたいだけであった。

「強行すれば、どうにかなるだろうが……反発を生む」

九代将軍家重、十代将軍家治、二代にわたって将軍から寵愛《ちょうあい》を受けたおかげで、六百石の小旗本は大名になり、老中格となった。格というのは、一段低いとの意味だが、これは田沼意次が老中になるための手順を踏んでいないためのもので、権力でいけば格どころか大老といえる。

「あの者が、いささか」

田沼意次から家治へ告げ口をされれば、老中であろうとも無事ではすまない。罷免だけですめば幸い、下手をすれば領地替え、減封もある。

だが、これは諸刃の剣でもある。切り捨てられた者は、恨みを持つ。田沼意次の勢威が盛んなときは大人しくしているが、ひとたびことがあれば牙《きば》を剝《む》く。その恨みは、雌伏の期間が長いほど、報復は厳しくなる。

そして、田沼意次の没落はいつか来る。

田沼意次の権を支えている家治の死である。

人は将軍であろうが、庶民であろうが、いつかは死ぬ。家治が死ねば、田沼意次は終わった。

代替わりは、寵臣の交代でもある。家重から家治への代替わりで、田沼意次が生き延びられたのは、家重の寵臣ではあったが、頂点ではなかったからだ。

家重の寵臣は、側用人であった大岡出雲守忠光《おおおかいずものかみただみつ》であった。

幼少のころの病で発語能力を失った家重が唯一意思を伝えられた相手こそ、小姓として子供のころから仕えていた大岡出雲守であった。そのおかげで大岡出雲守は稟米《りんまい》三百俵という軽輩から、二万石の大名にまで出世した。

もっとも大岡出雲守は、家重よりも先に死んだため、代替わりによる粛清には遭っていない。

田沼意次の場合は、家重が大御所となったときに、家治付へと籍を移ったことが身を守ったともいえるが、世間の羨望を一身に引き受けてくれた大岡出雲守のおかげで、目立たずにすんだのも大きい。

もちろん、そこから家治の信頼を勝ち取り、「主殿頭のよいように」と言われるようになったのは、田沼意次の努力であった。

「もう少し、目に見えた手柄が欲しいの、甲斐守よ」

田沼意次が呟いた。


無宿者狩りが中止された。

別に日本橋の高札に張り出されたわけではないが、縄張りを持つ御用聞きの口から町内へ話は拡がった。

「助かった」

「やれやれでございますな」

商家の主たちもほっと安堵した。

無宿者狩りの対象ではないのだが、気の立っている御用聞きたちにいつ呼び止められるかわからない。身許がはっきりしていても、その確認が終わるまで足留めを受けることもある。そんな状況で、遊びに行こうとか、飲み食いをしようなどと思う者は少なくなる。それこそ、日が暮れてからの遊び場は客がいなくなり、灯が消えたようであった。

その無宿者狩りが終わった。

無宿者を狩ってくれることはありがたいが、それ以上に面倒な状況を生み出しているだけに、民たちは喜んだ。

「急ぎでお願いしますよ」

「今日中になんとか、品物を届けていただけませんか」

日本橋の酒問屋播磨屋にも、来客が相次いだ。

無宿者狩りで客が少なくなることを見こして注文を控えていた料理屋、茶屋などが慌てて注文を出したのである。

「へい、藤屋さん、灘の酒一斗樽五つでございますね。夕方までには」

「申しわけございませんが、深川へは明日になりまする。船が出払ってしまいまして」

番頭たちが押し寄せた客を相手に奮闘していた。

かった。

「いらっしゃいませ。しばし、お待ちを」

そこへ新たな客がやって来た。番頭も手代も手一杯で、新たな客の相手をできなかった。

「どうぞ、お待たせをいたしました」

店の忙しさを見かねて、播磨屋伊右衛門が顔を出した。

「もしや、播磨屋さんでは」

待っていた客が驚いた。

「はい。播磨屋伊右衛門でございまする。ご注文でしたら、わたくしが承りまする」

問いかけに播磨屋伊右衛門がうなずいた。

「畏れ入ります。わたくし本所深川で船宿をいたしております蝦夷屋吉兵衛《えぞやきちべえ》と申しまする」

「蝦夷屋さま……失礼ながら、初めての」

「はい。初めてお取引をお願いいいたしたく参りました」

確認した播磨屋伊右衛門に蝦夷屋吉兵衛が、腰を屈《かが》めた。

「それはそれは、ありがとうございまする」

播磨屋伊右衛門が礼を述べた。

「お願いできましょうや」

蝦夷屋吉兵衛が注文を受けてもらえるかと訊いた。

「在庫があれば、すぐにでもお納めはいたしますが……」

「わかっております。お代金と引き換えでございますな」

言いにくそうな播磨屋伊右衛門に蝦夷屋吉兵衛が笑った。

江戸の商いは、ほとんどの場合掛け売りであった。さすがに日銭稼ぎと呼ばれる行商人や屋台などはその場で支払いをするが、それ以外の商いは帳面付けが当たり前であり、納品が先で後日節季ごとにまとめて支払った。こうすることで小銭のやりとりを避けられるなどの便宜を図り、商いを簡潔にしているが、当たり前のことながら信用のない者には通じなかった。

「はい」

確かめた蝦夷屋吉兵衛に播磨屋伊右衛門が認めた。

「灘の下り酒、おいくらになりましょう」

蝦夷屋吉兵衛が尋ねた。

「灘の下りでございましたら一升あたり、並で百四十文、中で百八十六文、上で二百十四文、極上は二百六十四文となっておりまする」

「極上で二百六十四文でございますか」

聞いた蝦夷屋吉兵衛が目を剝いた。

「これは御上へもお納めしているものでございまして、数もございませんので」

高いと暗に言った蝦夷屋吉兵衛に、播磨屋伊右衛門が理由を告げた。

「…………」

しばらく蝦夷屋吉兵衛が悩んだ。

「わかりました。これからのおつきあいをお願いする景気づけに極上を二斗いただきましょう」

「二斗となりますと、樽になりますが……」

「樽はこちらで用意いたしますので」

酒代以外に樽代がかかると言った播磨屋伊右衛門に、蝦夷屋吉兵衛が応えた。

「樽をご用意くださる。さようでございますか。では、ものはいつお引き取りに」

入れものを持参する取引の場合、納品は店頭でとなった。もちろん、納品にかかる費用は要らないので、少し支払いは減る。

「明日はいかがで」

蝦夷屋吉兵衛が訊いた。

「明日はちょっと。なにぶんにもお得意さまがたくさんお見えでございますので、どうしてもそちらさまを優先いたさねばなりません。この賑《にぎ》わいが終わってからとさせていただきたく」

今までつきあいのあった客をまず捌《さば》いてからだと播磨屋伊右衛門が首を横に振った。

「当然でございますな」

蝦夷屋吉兵衛が手を打った。

「では、いつなら」

「そうですね」

問われて播磨屋伊右衛門が店の様子を見た。

「明後日のお昼にはご用意できるかと」

播磨屋伊右衛門が答えた。

「けっこうでございますとも。今回はこちらがいきなり参ったのでございまする。明後日というならば、御の字」

蝦夷屋吉兵衛が承知した。

「では、お代金を用意して、明後日の昼に参ります」

「ありがとうございまする。どうぞ、お気を付けて」

用件を終えた蝦夷屋吉兵衛を、播磨屋伊右衛門が店を出たところまで見送った。

「…………」

ちらと店に目をやった播磨屋伊右衛門が、番頭に軽く手をあげた。

「お任せを」

番頭が店は大丈夫だとうなずいた。

小さく頭を上下させて、播磨屋伊右衛門が奥へと入った。

「池端さんは、おられますか」

播磨屋伊右衛門が庭下駄を突っかけて、店の裏にある蔵へ来た。

「主どのか。ここに」

用心棒の池端が、手をあげた。

「志村さんもおられるのは、ちょうどいい」

「拙者にも用となると、面倒事だな」

志村がため息を吐いた。

「城見さまは……」

「さっき、お嬢が連れていったぞ」

辺りを見回した播磨屋伊右衛門に池端が答えた。

「まったく……」

播磨屋伊右衛門があきれた。

「嫁入り前の娘が、男を部屋へ連れこむなど……」

「大丈夫じゃないか。お嬢はともかく、城見は朴念仁だからな。曲淵甲斐守さまのお許しなしには、なにもしないさ」

文句を言った播磨屋伊右衛門に志村が述べた。

「もっとも、それも困りものだがな。妻を抱くにも一々主君にお伺いを立てるようじゃ」

「……ふっ」

志村の言いぶんに、播磨屋伊右衛門が噴き出した。

「ありそうだな」

池端も笑った。

「行きますよ」

口の端を緩めたままで、播磨屋伊右衛門が池端と志村を誘った。

四

許嫁西咲江《いいなずけにしさきえ》の部屋で亨は困惑していた。

「最近、お相手してくれはりません」

無理矢理連れこんでおきながら、咲江が拗《す》ねたのだ。

「いや、御用が……」

亨は言いわけをするしかなかった。

「それでも、同じ家にいてるんでっせ。ちいとくらいお話をしてもよろしいやん」

咲江が頬を膨らませた。

「それは……」

亨が口ごもった。

たしかに最近、無宿者狩りのことなどもあり、亨はいつもより朝早く出て、夜遅くなってから播磨屋へ戻っていた。

「そういうときはな、呂の字でもしてやればいい」

不意に襖が開いて、志村が顔を出した。

「きゃっ」

「おいっ、いきなりは失礼だろう」

咲江が小さく悲鳴をあげ、亨が志村を責めた。

「なにを言ってる。おぬしじゃ、開けたところで不都合なまねをしてるはずはないだろうが」

志村がからかった。

「むっ」

亨が詰まった。

「まあ、まあ。入るよ、咲江」

「邪魔をする」

笑いながら、播磨屋伊右衛門と池端が、部屋へと入ってきた。

「大叔父はんまで……ど、どないしはったん」

まだ咲江は落ち着いていなかった。

「ちょっと話をしなければならないことがあってね、城見さまと」

「…………」

二人だけの時間の終わりを告げられた咲江が膨れた。

「歳頃《としごろ》の娘が、そんな顔をするんじゃありませんよ」

播磨屋伊右衛門が苦笑した。

「なにかあったのでござろうか」

亨が表情を引き締めた。

「はい」

うなずいてから播磨屋伊右衛門が話を始めた。

「さきほど、初見のお客さまがお出でになりましてね。極上の酒を二斗欲しいとおっしゃいました」

「極上とは豪勢じゃねえか」

志村が歓声をあげた。

「それがなにか」

商人のところへ商品を求めに来るのは当たり前の話である。亨が首をかしげた。

「味見をなさらなかったので」

「……味見」

亨がいっそう不思議そうな顔をした。

「これが並だったら、わたしも気にしませんが、極上は一升二百六十四文でございます。うまいかどうか、確認もしないのはみょうですな」

「どこかで播磨屋どのの扱っている酒を飲んだことがあるとか」

播磨屋伊右衛門の説明に、亨が疑念を口にした。

「あっても味見はいたします。酒というのは生きものでございますから。船で運んでいる最中の状況、蔵での保管、同じ樽ならば味は変わりませんが、別の樽だと微妙に違う」

「そういうものなのか」

亨が志村を見た。

「違うぞ。同じ樽でも昨日と今日では違うし、片口に入れてからでも最初の一口と最後の一たれでは味が変わる」

酒好きの志村が述べた。

「本人によれば船宿をしているとか。船宿はお馴染《なじ》みさんで成りたっているようなもの」

船宿はその名前のとおり、船の用意ができるまでの待合場所、船遊びの帰りに宴を催すところである。芸者などを連れこみ貸座敷として使われるときもあるが、まず常連さんの相手しかしない。

「お馴染みさんに出す酒ですよ。合うか合わないかは味見しなければわかりません。うまい酒でも飲む人によっては、気に入らないときもありまする」

「なるほど」

亨がようやく納得した。

「そのうえ、樽も用意してくると言いましたし」

「馬鹿だな、そいつ」

志村が鼻で笑った。

「どういうことだ」

亭が訊いた。

「持ってきた樽になにが入っていたかわからねえだろう。漬けものに使った樽へ酒なんぞ入れてみろ、香りは飛んじまう」

「きれいに洗っていてもか」

「木には臭いが染みつきますから」

志村の答えに満足しなかった亭を播磨屋伊右衛門が諭した。

「もちろん、わかっていて樽の香りを付けるときもありますがね、どれだけきれいに洗っても、なにかしらの臭いは染みてます。それが酒でも同じ。違う酒を混ぜるようなもの。ちょっと味にうるさいお客さまなら、一発で見抜かれますよ」

「極上を買うような店ではあり得ねえな」

播磨屋伊右衛門の言葉に志村が付け加えた。

「ということは……」

「罠《わな》でございましょうねえ」

尋ねた亨に、播磨屋伊右衛門が首を小さく横に振った。

「どういう罠だとお考えか」

「播磨屋で買った酒で腹を下したとか、味が悪いとか、当家の名前を貶《おとし》めようというところではないかなと」

目的を問うた亨に、播磨屋伊右衛門が推測を口にした。

「だが、買って帰ってから文句を付けても、飲みものだからな。播磨屋の酒が原因だとどうやって言うつもりなんだ」

池端が疑問を呈した。

魚や野菜でも買って調理してから中《あた》ることはままあった。だからといって、魚屋や八百屋が責められることはまずなかった。

持って帰った以上、そこから先どうなるか店にはわからないからだ。まな板を洗っていなかったとか、便所へ行ったままの手で触ったとか、長屋の井戸水が腐っていたとか、原因はいくらでもある。

「そこなのでございますよ」

播磨屋伊右衛門が苦渋に満ちた表情を浮かべた。

「あの蝦夷屋吉兵衛というのが、まともな船宿の主でないことはまちがいありません。ただ、当家の酒をどう使うつもりかがわからない。持参の樽に酒を入れた段階で、当家の商品としての扱いはいたしません。これが酒瓶ならば別ですが」

酒瓶はちゃんと洗えば、臭いも付きにくい。

「播磨屋の商品だとわからせて、なにかを仕掛ける」

亨が思案に入った。

「……こういうのを考えるのは苦手だ」

「ああ」

さっさと池端、志村の二人が降参した。

「おい」

さすがに亨が注意しようとした。

「いいんだよ。我らは剣だ。剣はものごとを考えない。ただ、敵対する者を斬るだけ。考えるのは、雇い主の仕事だ」

志村が亨を遮った。

「…………」

亭が黙った。

「吾が身に引き換えたか。おぬしも曲淵甲斐守さまの家臣だからの。主の指図に従うのが役目」

池端が亭に話しかけた。

「我らのようなその日暮らしの用心棒には、出世がない。浪人は浪人だ。だが、おぬしは違うだろう。曲淵甲斐守さまの家臣には違いないが、馬廻りから組頭、用人と出世の道がある。言われたことをやっているだけでは、我らと同じ。道具でしかない。言われた以上の成果を出して、初めて出世の道は生まれる」

「言われた以上の成果……」

池端に言われた亭が悩んだ。

播磨屋伊右衛門と亭が思案に沈み、池端と志村が早々とあきらめたことで、部屋は静かになった。

「なあ、志村はん」

追い出されなかった咲江が、志村に声をかけた。

「なんだ、若御寮どの」

若御寮とは上方で新妻のことだ。

「もう、かなわんなあ」

照れた咲江が袖で志村を打つまねをした。

「で、なにかの」

若い娘をからかうのは楽しい。志村の表情が緩んだ。

「最前《さいぜん》言うてはった、呂の字ってなんですのん。機嫌の悪い女《おなご》はんを宥《なだ》める方法みたいですけど」

咲江が首をかしげた。

「わかりませぬか」

くすくすと志村が笑った。

「わからへんから、訊いてますねん」

笑われた咲江がさらに拗ねた。

「呂の字はご存じで」

「知ってます」

「そこの反故に書いてみていただけますかな」

頬を引きつらせながら、志村が指示した。

「……こうですやろ」

言われて咲江が書いた。

「呂の字をよくご覧あれ」

「…………」

「口と口を繋いで、呂の字。接吻《せっぷん》してしまえば、文句を言うことはできませんな。なにせ、口が塞《ふさ》がれてしまう」

「あっ」

答えを聞かされた咲江が真っ赤になった。

「言われただけではわかりにくいので、女をからかうのにいいのですよ」

腹を抱えている志村にあきれながら、池端が解説した。

「……これも実際に見ないとわからへん」

照れていた咲江が表情を真剣なものにした。

「大叔父はん、その蝦夷屋とかいう船宿は、ほんまにおますのん」

「いや、知らないが」

思案を中断された播磨屋伊右衛門が首を左右に振った。

「店がなければ、酒はどこで売るんやろう」

咲江が疑問を口にした。

「たしかに」

播磨屋伊右衛門がうなずいて、志村を見た。

「本所深川としか言いませんでした。かなり広いですけど、探していただけますか」

「承知した」

志村が立ちあがった。

五

「待て、拙者も行く」

亨も同道すると腰をあげた。

「一人で十分だぞ。本所も深川も故郷のようなものだ」

もともとその辺りを仕切る旅所の黒兵衛という顔役のもとで刺客をしていたのだ。

志村が告げた。

「おぬしの心配はせぬ」

剣客としての志村は、道場を開けるほどの腕を持つうえに、冷酷なほど敵対した者に厳しい。その辺の無宿者が数で囲んでも、傷一つ負うことなどないと亨は信じている。

「町奉行所の権威が要るときもある」

亨は内与力ではあるが、十手も与えられている。町奉行所与力としての行動ができた。

「……それもそうか」

志村が認めた。

「じゃ、行くか」

「これを」

亨を促した志村に、播磨屋伊右衛門が二分金を一枚渡した。

「食事でも茶でも、ご自在に。残ってもお返しいただかなくて結構で」

二分金は銭にして、およそ三千文になる。その辺の煮売り屋あたりで飯と菜に汁で一人六十文ほどであることを考えれば、かなりの金額になった。

「遠慮なく」

「へんなところへ、城見さまを連れこんだらあかん」

押しいただいた志村に、咲江が釘を刺した。


商談をまとめた蝦夷屋吉兵衛は、両国橋を渡っていた。

「富士の山が見える」

蝦夷屋吉兵衛は両国橋の中央にある橋番所を過ぎたあたりで、足を止め欄干に背を預けた。

「この橋が焼け落ちたとはな」

上から川面を見下ろして、蝦夷屋吉兵衛が身震いをした。

両国橋は西側を武蔵《むさし》国、東側を相模国と二つの国を跨《また》いでいることから、そう呼ばれていた。寛永のころに架橋されたが、明暦の火事で焼け落ち、数千人が死亡した。

「火を付ければ、なんでも燃えるぜ」

すっと蝦夷屋吉兵衛の隣に、職人風の身形《みなり》の若い男が立った。

「物騒なやつだな」

蝦夷屋吉兵衛が苦笑した。

「どうだった」

「うまくいった。商品は明後日の昼に受け取れる」

「わかった」

短い会話だけで二人は離れた。

蝦夷屋吉兵衛が両国橋を東へ、職人風の身形の男が西へと分かれた。

職人風の身形の男が、ちらりと蝦夷屋吉兵衛の背中を見た。

「つけられていねえようだな」

独りごちた職人風の男が橋を渡りきり、両国広小路に並んでいる一軒の茶店へと入った。

「岩田さまの連れだ」

「はい、伺っておりまする。どうぞ、奥の座敷へ」

茶店の女が職人風の身形の男を案内した。

「お連れさまがお見えで」

「うむ。しばらく誰も来させぬようにな」

なかから応答があった。

「ごめんを」

職人風の身形の男が座敷へ入った。

「どうだった」

「喉くらい湿らせてもらいてえ」

座る間もなく問われた職人風の身形の男が、なかで待っていた南町奉行所隠密廻りの岩田に文句を言った。

「よかろう。どうやら問題はなかったようだな」

岩田が酒を飲むことを許した。

もしなにかあれば、最初に後をつけられているとかの報告が来る。酒を飲みたいと最初に言ったならば、問題はないと判断できた。

「明後日の昼だそうで」

「ごろ吉もうまくやったようだな」

盃を立て続けに干した職人風の身形の男の言葉に岩田が安堵した。

「まったく、どこの商人かと思いやしたよ。あれがごろ吉だとは思えねえ」

「おめえも腕利きの大工に見えるぜ。橋場の雪よ」

感心する職人風の身形の男に、岩田が笑った。

「勘弁してくだせえ。もう、その名前は捨てやす」

橋場の雪と呼ばれた男が頬をゆがめた。

「ちゃんと仕事をしてくれれば、好きにしていい」

岩田がうなずいた。

「まちがいないんでやしょうね。新しい人別を用意してくださるというのは」

「安心しろ。町奉行所には、いろいろな伝手《つて》がある。それに江戸は火事が多い。一家全滅したところなんぞ、掃いて捨てるほどある。そこに一人や二人、押しこむなんぞ大した手間じゃねえ」

橋場の雪の要求に、岩田がうなずいた。

「お願《ねが》えしますよ」

「おめえがやることさえやればな」

念を押した橋場の雪に岩田が返した。

「任せてくだせえ。騒ぎさえ起こしてもらえれば……店から出てきた播磨屋伊右衛門の首に、こいつを」

腹巻きから橋場の雪が鑿《のみ》を取り出した。

「うむ。では、先に出る。払いはこちらで終わらせておく。飲み過ぎるなよ」

用がすんだと岩田が座敷を出ていった。

「……まったく、世も末だな。町方同心が無宿者を使って、人を殺させるなんぞ。いや、こっちが終わりか。人別欲しさに町方の犬になりさがったわけだ。橋場の雪と二つ名まで付けられたほどのおいらが……」

橋場の雪がため息を吐いた。


播磨屋を出た亨と志村も、蝦夷屋吉兵衛と名乗ったごろ吉から半刻（約一時間）ほど遅れて両国橋をこえた。

両国橋は武士、僧侶、神官からは金を取らなかった。志村は浪人で武士ではないが、両刀を差していることで橋番は、見逃している。これは浪人か、休みで遊びに出ている勤番侍かわからないというのと、金を払えと命じて浪人を怒らせては危ないからであった。

「身形がまともだと、うさんくさい目で見られなくていいな」

志村が橋番所を振り返った。

播磨屋伊右衛門に雇われる前の志村は、刺客業をしていたという荒みもあり、総髪で髭を生やし、袴《はかま》も身につけていなかった。主君を持っている武士は、総髪も髭も許されない。それだけで浪人と知れる。浪人は庶民であり、渡り賃を払わなければならないが、まともではない雰囲気を醸し出している志村に橋番はなにも言えず、ただ嫌そうな目で見るだけであった。それが今や橋番が軽く頭を下げて、武士への敬意を見せてくれる。

「気持ちのいいものだ」

「そういうものか」

うれしそうな志村に、代々曲淵家の家臣である亨は不思議そうな顔をした。

「一度墜ちてみればわかるさ。人並みに扱われることのありがたみが」

「すまぬ」

苦い顔を見せた志村に、亨が詫びた。

「気にしてねえよ」

志村が手を振った。

「船宿ということは、川か海に面してねえとな」

本来の目的に志村が戻した。

本所深川は江戸の城下の発展とともに埋め立てられた湿地帯であった。そのため水はけが悪く、低い土地を守るため、縦横に水路が走っていた。

「この水路じゃ、船は無理だな」

一人、二人しか乗らない猪牙《ちょき》という小舟でも、すれ違えないようでは船宿の用をなさない。芸者を連れて船遊びをするとなれば、猪牙船の数倍はある屋形船が要る。

二人は、まず大川沿いを調べた。

「ねえなあ、蝦夷屋という船宿は」

志村が嘆息した。

船宿は表に出入り口と裏に船着き場を持っている。

また、他人目《ひとめ》を気にする客も多いため、表の暖簾《のれん》も長く、外からなかを見渡しにくいような構造になっていた。

「ならば、訊くとしよう」

亨が一軒の船宿に足を踏み入れた。

「いらっしゃいませ……」

出迎えようとした男衆が、見たことのない顔の亨に戸惑った。

「邪魔をする。拙者北町奉行所与力の城見という」

亨が名乗った。

内与力ではなく、与力としたのは、町奉行所の権威をそのまま使うためであった。江戸の庶民には町奉行所に精通している者もいる。内与力がどのようなものか知っていれば、対応が変わりかねないと懸念したからであった。

「町方の与力さま」

船宿の男衆が目を剝いた。

「うちになにか」

「いやいや、違う。御用の筋で訊きたいことがあるだけでな」

脅えた男衆を亨が安心して欲しいと宥めた。

「訊きたいことが……なんでございましょう」

まだ安堵したという顔にはなっていないが、少しだけ男衆の緊張が解けた。

「本所深川の船宿で蝦夷屋という店を知らぬか」

「……蝦夷屋さんですか」

亨の問いかけに男衆が首をかしげた。

「あいにく」

申しわけなさそうに男衆が首を横に振った。

「では、誰ぞ、この辺りの船宿に詳しい者を知らぬか」

あてなく広い本所深川をうろつくのは亨としても願い下げにしたい。

「でしたら……」

男衆が暖簾をかきあげて、外へ出た。

「うわっ」

なかへ入らず、外で待っていた志村に男衆が驚いた。

「すまぬ。連れである」

亨が男衆に不逞浪人ではないと保証した。

「へ、へい。すいやせん」

男衆が志村に頭を下げた。

「…………」

無言で志村が手をあげて、謝罪を受けた。

「あそこの紫の暖簾が見えやすか」

「……上総屋《かずさや》と書いてあるものか」

「へい。あそこの主さんが、この辺りではもっとも古いので、ご存じかも」

「そうか。助かった。行こう」

男衆に礼を述べて、亨が志村を促した。

「ああ」

志村が亨の後についた。

第三章　打つ手、防ぐ手

一

曲淵甲斐守は、城中でおとなしくしていた。

すでに田沼意次に策を上申してある。そして好感触を得ているのだ。ここから先は、同僚の牧野大隅守を追い落とすだけでよく、うかつに城中で目立つようなまねをすれば、策が漏れ、要らぬところから横槍《よこやり》が入る可能性があった。

「甲斐守さま」

芙蓉の間にお城坊主が現れた。

「なにかの」

曲淵甲斐守が柔らかい応対を見せた。

「主殿頭さまが、お召しでございまする」

「承知いたした。ただちに参ろう」

田沼意次が呼んでいると告げたお城坊主に、曲淵甲斐守がすぐに反応した。

老中の呼び出しは場所の指定がないかぎり、上の御用部屋の前、入《い》り側《かわ》と称する畳廊下で待つのが慣例であった。

「お隣に失礼いたしまする」

上の御用部屋前の入り側には、老中に用のある役人、大名、旗本が数名座っていた。そのなかで己が誰より格下で、誰より格上かを一瞬で判断し、座る場所を決めなければならない。

曲淵甲斐守は、上の御用部屋に近いほうから四番目へと腰を下ろした。

もちろん、これは身分の序列を示したものでしかなく、老中との面談の順番ではない。当たり前のことだが、老中は田沼意次だけではないのだ。他の老中から呼び出された者、用のある者もいる。手の空いた老中から面談に入るため、末席に座る者が最初ということもあった。

「……………」

上の御用部屋は、将軍の居室であるお休息の間に次いで格式が高い。ここでの私語は厳禁であった。

ただ待つのは長い。また、老中は呼び出しておきながら待たせるので有名であった。

「……甲斐守」

小半刻（約三十分）は十分に過ぎたころ、ようやく田沼意次が上の御用部屋から出てきた。

「…………」

声をかけた後は、無言で田沼意次が歩き出した。

「お先でござる」

周囲に一礼して、曲淵甲斐守が田沼意次の後を追った。

「ここらでよかろう」

入り側の端で、田沼意次が振り向いた。

「はっ」

うなずいた曲淵甲斐守が、片膝を突いた。

「牧野大隅守が勢いを見せておるな」

田沼意次が話を始めた。

「……………」

こういうときの反応が難しい。執政ともなると心のうちと表に出る表情や声音などが一致しないことが多い。不機嫌そうな顔をしているからと話題の相手を貶したら、じつは喜びをかみ殺していただけであったとか、喜色満面だからといって迎合していたら、肚の底では怒り狂っていたりとか、それで更迭《こうてつ》された役人は少なくなかった。

曲淵甲斐守は、無言で反応しなかった。

「なぜ、北町は無宿者を放置していた」

すっと田沼意次の声が低くなった。

「放置いたしていたわけではございませぬ」

「無宿者などの法度破りを捕まえ、お城下の安寧を図ることこそ、町奉行の仕事であると他の老中どもが、そなたの怠慢を責めておる」

否定した曲淵甲斐守に田沼意次が告げた。

「それは、なんとも執政さまとは思えぬご見識かと」

わざと曲淵甲斐守は、あきれてみせた。

「……………」

咎めることなく、田沼意次が先を促した。

「町奉行の役目は、お城下の安寧を守ることでございますが、ただ無宿者や無法者を捕まえるだけでは、それは叶いませぬ」

ゆっくりと曲淵甲斐守が首を左右に振った。

「民どもの暮らしを平穏にさせることこそ、町奉行の仕事でございまする」

「それは無宿者たちを捕まえることであろう」

「はい。それも一つではございまするが、主ではありませぬ」

詰問する田沼意次に曲淵甲斐守が否定した。

「主はなんじゃ」

「明日も今日と同じ日が続くと民たちに思わせること」

「ほう」

曲淵甲斐守の答えに田沼意次が感心した。

「無宿者を狩るのもよろしゅうございましょう。ですが、あまり長くいたしまするど、民の日々を阻害いたしまする。無宿者狩りを命じられた与力、同心、御用聞きなどはどうしても功績を挙げようと焦りまする」

「だの」

田沼意次が認めた。

「そうすれば、他のことに目が届かなくなりまする。たとえば、両国橋の袂《たもと》で無宿者を取り締まれば、橋を渡る者たちの邪魔になりまする。また、夜歩きをしている者を引っかければ、遊びに出る者がいなくなり、遊郭や料理屋などの商《あきない》にさわりが出まする」

「商の邪魔になるか」

「さようでございまする。これは、播磨屋伊右衛門から家臣が聞いて参ったことでございまするが、無宿者狩りをしている間は客がほとんど来ないので、料理屋、茶屋などからの注文が大きく減るそうでございまする」

「ものが売れなくなるのか」

田沼意次が難しい顔をした。

商業こそ、発展の基礎と考えている田沼意次にとって、お膝元の江戸の景気が悪いというのは看過できなかった。

「それに無宿者狩りをいたしませぬのは……」

「寺社に逃げこむからであろう」

もう一つの理由を言おうとした曲淵甲斐守の先回りを田沼意次がした。

「はい」

「まだありそうじゃの、他の理由が」

田沼意次が曲淵甲斐守の態度から見抜いた。

「……寺社へ逃げこんだ者はまだよいのでございまする。いずれ、出て参りますので」

寺社のなかは町奉行所の手が届かない安全地帯であると同時に、無宿者などにとって不便なところであった。金が稼げないのだ。

匿《かくま》ってもらっている寺社のなかで、参拝に来た者に強請集《ゆすりたか》りなどをするわけにはいかない。そんなまねをしようものならば、叩き出されるうえ、回状が出て、どこの寺社でも相手をしてもらえなくなる。

また無宿者を受け入れるような寺社のなかの賭場《とば》はすでに他の無頼が支配しており、手出しをするなら命がけになる。

無宿者にとって寺社は、緊急の避難場所でしかなく、ずっといられるところではなかった。

「出てきたら捕まえればよいか」

田沼意次が納得した。

「で、それ以外はなんじゃ」

もう一度、田沼意次が問うた。

「無宿者が江戸を出てしまうのがよろしくございませぬ」

曲淵甲斐守が首を横に振った。

「江戸を出ていった無宿者のほとんどは、品川、千住などに留《とど》まり、狩りが終わるのを待ちまするが、なかにはそのまま旅に出ていく者もおりまする」

「江戸から無宿者がいなくなるのは、僥倖《ぎょうこう》であろう」

田沼意次が怪訝な顔をした。

「たしかに江戸にとっては朗報でございまするが、宿場町や小さな城下にとっては不幸でしかございませぬ。宿場や石高のさほど多くない大名家の城下には、無宿者を取り締まるだけの力がございませぬ」

「好き放題されるということか」

「………」

確認した田沼意次に曲淵甲斐守は、無言で肯定を示した。

「むうう」

田沼意次がうなった。

「宿場などで被害を受けた者はどう思いましょう。江戸から流れてきた者のせいで、痛い目に遭ったと考えませぬか」

「御上への不満になる……」

曲淵甲斐守の問いに、田沼意次が頬をゆがめた。

「町奉行は、畏れ多くも、ありがたくも、政の末席に座を与えられております。それが、己《おの》が手柄だけに目を奪われ、上様のお名前に……」

「甲斐守」

言い過ぎだと田沼意次が曲淵甲斐守の口を封じた。

「申しわけございませぬ」

あわてて曲淵甲斐守が頭を垂れた。

「そなたが上様を想ってのことと、余はわかっておるが、他の者どもはそう取らぬときもある。上を望むのならば、余計なことを口にするな」

「恥じ入りまする」

叱られて曲淵甲斐守が小さくなった。

「もうよい」

田沼意次が顔をあげろと手を上下させた。

「事情はよくわかった」

曲淵甲斐守の言いぶんを認めると田沼意次が言った。

「あの……」

「御用部屋にの、牧野大隅守の無宿者狩りで凶状持ちが何人か捕まったとの報告があがって参っての。それを読んだ老中どもが、北町奉行はなにをしていると」

事情の説明を求めた曲淵甲斐守に、田沼意次が語った。

「それは……」

曲淵甲斐守が眉間にしわを寄せた。

「気にいたすな。余がおる。せなんだ理由さえわかれば、言い返しようもある。次になにか言い出す愚か者がおったならば、上様のご治世に傷を付ける気かと怒鳴りつけてやるわ」

「かたじけのうございまする」

田沼意次が守ってくれようとしていることに、曲淵甲斐守が感謝した。

「なれど、甲斐守よ」

不意に田沼意次が冷たい声になった。

「何度も牧野大隅守に出し抜かれるようでは……」

最後まで言わず、田沼意次が曲淵甲斐守を氷のような目で見下ろした。

「わかっておりまする」

曲淵甲斐守が一層深く頭を低くした。

「気を抜くな。牧野大隅守も町奉行まで上ってきているのだ。一筋縄ではいかぬことを肝に銘じよ」

「重々、油断することなく、務めまする」

田沼意次の激励に、曲淵甲斐守が感謝した。

「……………」

御用部屋に田沼意次の姿が消えるまで、曲淵甲斐守は姿勢を崩すことなく、敬意を表した。

「寺社奉行牧野備中守に叱られたことで、話は終わったと思っていたが……甘かったな」

ゆっくりと立ちあがりながら、曲淵甲斐守が後悔を口にした。

「殴られたならば、殴り返さねばなるまい」

曲淵甲斐守が険しい目つきになった。

二

朝から続いた納品の喧噪も昼頃になると、少しは落ち着きを見せる。

播磨屋の奉公人たちも、交代で昼餉を摂りだした。

「ごめんを。蝦夷屋でございまする」

店の前に二斗樽を積んだ荷車が着き、蝦夷屋吉兵衛が顔を出した。

「へいへい。伺っておりまする」

番頭が応じた。

「樽をなかへ入れさせていただいても」

蝦夷屋吉兵衛が、連れてきた男衆に樽を荷車から降ろさせて訊いた。

「いえ、そちらで結構で。極上は店ではなく、蔵から出しますので」

番頭が樽は外に置いておいてくれと告げた。

「はあ」

蝦夷屋吉兵衛が怪訝な顔をしたが、決めとあればしかたがない。

「そこへ樽を置いておくれ」

男衆に蝦夷屋吉兵衛が指図した。

「あいよ」

二斗樽は空であれば、軽い。男衆がすぐに樽を動かした。

「どいた、どいた」

威勢の良い声をあげながら、播磨屋の奉公人たちが四斗樽を棒でかいて、店の表まで来た。

「蝦夷屋さん」

その後ろに播磨屋伊右衛門がついてきていた。

「播磨屋さん、いただきに参りました」

「はい。お待たせをいたし、申しわけございません」

播磨屋伊右衛門が一礼した。

「これが、極上」

四斗樽に蝦夷屋吉兵衛が近づいた。

「さようでございますよ。上方は兵庫、西宮の浜から運んできた灘の下り酒、正真正銘、天下一の美酒」

播磨屋伊右衛門が胸を張った。

「では、早速、あちらの樽へ」

「その前にお支払いを。初見のお客さまの場合は、先にお代金をいただくことになっておりまする」

「そうでございましたな」

言われて蝦夷屋吉兵衛が懐から銭入れを出した。

「一升が二百六十四文、二斗だと五千二百八十文。一両でお釣りをお願いします」

蝦夷屋吉兵衛が一分金を四枚出した。

「お預かりをいたしまする」

播磨屋伊右衛門が一分金を受け取った。

「相場はいかほどで」

「一両を六千文とさせていただいておりまする」

蝦夷屋吉兵衛の問いに播磨屋伊右衛門が答えた。

銭と小判の交換相場は、変動する。さすがに毎日ではないが、米の出来の良し悪しや、人手が足りているか不足しているかなどの要因で上下した。

「結構でございます」

その金額でいいと蝦夷屋吉兵衛が認めた。

「……旦那さま」

番頭が小銭を用意した。

「ご苦労さま。七百二十文のお返しで」

播磨屋伊右衛門が蝦夷屋吉兵衛に釣りを渡した。

「さて、では樽に」

四斗樽の蓋を播磨屋伊右衛門が開けた。

「おい、こっちも」

蝦夷屋吉兵衛が男衆に合図をした。

「あいよ」

男衆が二斗樽の蓋を開けた。

「数えてくださいよ。一升枡で二十杯、始めなさい」

播磨屋伊右衛門が、奉公人に酒を移させた。

「一、二……八、九……十八、十九、二十」

蝦夷屋吉兵衛が数えた。

「よろしゅうございますかな」

「たしかに」

播磨屋伊右衛門の確認に蝦夷屋吉兵衛がうなずいた。

「おや、あと少ししかないねえ」

播磨屋伊右衛門が、樽のなかを見て言った。

「残り、四升と五合ほどでしょうか」

奉公人が残量を告げた。

「中途半端な量だ」

播磨屋伊右衛門が腕を組んだ。

「いけるな」

「ああ」

蝦夷屋吉兵衛と男衆が顔を見合わせた。

「さあて、皆さま。少しお足を止めていただきますよう」

大声で蝦夷屋吉兵衛が人を集めた。

「なんだ」

「どうした」

日本橋の大通りである。人はすぐに集まる。

「わたくしは本所深川で船宿を営んでおりまする蝦夷屋吉兵衛と申しまする。このたび播磨屋さまとお取引を開始いたすことができました。それを記念いたしまして、振る舞い酒をいたしたいと存じまする。播磨屋さんの極上の下り酒をご賞味くださいませ」

「おおっ」

「太っ腹な」

「播磨屋の極上というと、将軍さまもお飲みだそうじゃねえか。それを飲ませてくれるというのかい、ありがてえ」

たちまち辺りは騒ぎになった。

「はいはい、押さないで。順番でお願いしますよ。酒は二斗ございますから」

蝦夷屋吉兵衛が整理を始めた。

「やはり……」

播磨屋伊右衛門が冷たい目で蝦夷屋吉兵衛を見た。

「旦那」

播磨屋の奉公人が顔色を変えた。

「落ち着きなさい。こちらも打ち合わせどおりにね」

「へい」

主の言葉に奉公人がうなずいた。

「お待ちを」

　播磨屋伊右衛門が、低いながらよく通る声を出した。

「……なんでございましょう」

「店前で振る舞い酒をされて、黙っていては播磨屋の名前がすたりまする。まずは、わたくしから酒を出しましょう」

「それは……わたくしどもがすることですので」

　先に酒を出すと言った播磨屋伊右衛門に、蝦夷屋吉兵衛が戸惑った。

「いいえ、譲れませぬ。店の前でなければまだしも、ここで引いては酒問屋としての面目が立ちません。強行なさるというならば、今後のおつきあいはお断りさせてもらいます」

「…………」

　たった今、播磨屋の酒を出せるようになったので、味見してもらい、気に入れば船宿の客として来てくれと言ったばかりである。ここで播磨屋から出入り禁止を宣言されては、前口上が無になる。

蝦夷屋吉兵衛が黙った。

「どうぞ、どうぞ」

二人が遣り取りをしている間に、播磨屋の奉公人たちが湯飲みに入れた酒を、立ち止まっている通行人たちに配った。

「おう、いいのか」

「良い香りだ。たまらねえ」

受け取った通行人が酒を早速呷った。

「播磨屋の酒を灘から持ってきたままの樽からお振る舞いいたします」

奉公人が声を張りあげた。

「おくれな」

「こっちもだ」

蝦夷屋吉兵衛のほうに並んでいた連中まで播磨屋のほうへと群がった。

「おいっ、なにをしている。配れ」

「いいのか。出入り禁止にすると言ってるぞ」

「あほう、本当に船宿をするわけじゃねえ」

ためらっている男衆を蝦夷屋吉兵衛が叱った。

「日本橋の袂とかではまずいのか」

「なにもわかっちゃいねえな。ここでやるから播磨屋の酒だと言い張れるんだ。離れてしまえば、誰もそうだとは思っちゃくれねえよ」

尻込みをする男衆を蝦夷屋吉兵衛が蹴飛ばした。

「……わかった」

男衆が用意していた枡に酒を入れて、その辺の男に押しつけた。

「どうぞ」

「おう、ありがとうよ」

男が喜んで受け取り、枡の酒を口に含んだ。

「……なんだこれは、渋いぞ」

口のなかに残った酒を男が吐き出した。

「見ていたでしょう。たった今、播磨屋から買ったばかりの極上の酒」

蝦夷屋吉兵衛が答えた。

「これがかあ。もういい」

男が枡を返した。

「そちらのお方、いかがですか」

「もらおう」

男衆が別の通行人に枡を渡した。

「……ぺっ。飲めねえよ、こんな酒」

通行人が枡を投げた。

「播磨屋の酒が、それで」

蝦夷屋吉兵衛が大声で言った。

「うっ……」

最初に蝦夷屋吉兵衛の酒を口にした男が、腹を押さえてうずくまった。

「腹が痛い……」

「……やっとか」

屈んだ男を見下ろした蝦夷屋吉兵衛が口の端を吊り上げた。

「播磨屋の酒に中ったぞ」

「腐ってやがる、この酒は」

蝦夷屋吉兵衛と男衆が騒いだ。

「なんだあ」

「うるせえな」

播磨屋の酒に群がっていた連中が、振り向いた。

「見ろ、播磨屋の酒を飲んで、人が倒れているぞ」

蝦夷屋吉兵衛が呻《うめ》いている男を指さした。

「おいっ。大丈夫か」

江戸の民は優しい。酒から離れて、男の介抱に向かう者が多く出た。

「医者はどこだ」

「その前に、播磨屋の酒を捨てさせなければ、被害が拡がるぞ。店も蔵もやってしまえ」

蝦夷屋吉兵衛が民を誘導しようとした。

「おうよ」

「そうだ、そうだ」

「高い酒を売っておきながら、腐っているなんぞ、許せるか」

隠れていた下駄小僧などの無宿者が、扇動しようと気勢をあげ、播磨屋へ躍りこもうとした。

「なにを言ってやがる。こっちの酒を飲んだが、なんともねえぜ。なあ」

「ああ、じつにうまかった」

播磨屋の振る舞い酒を飲んだ男たちが言い返した。

「……この酒も、今、皆の前で播磨屋から買ったばかりだぞ。見ていたろうが」

蝦夷屋吉兵衛が反論した。

「樽が違うじゃねえか。その酒樽、播磨屋の扱いじゃねえよな。どこの使い古しかわからねえ樽に、灘の下り酒を入れるなんぞ、味がわからねえにもほどがある」

「そうだな。播磨屋の樽だったら、店の焼き印が正面右下にあるはずだ」

男たちが蝦夷屋吉兵衛を嘲笑《ちようしよう》した。

「な、なっ……」

蝦夷屋吉兵衛が詰まった。

「馬鹿ですな」

その様子を見ていた播磨屋伊右衛門が嘲笑を浮かべた。

「怪しげな商いを持ちかけられてこっちが対策をしていないはずなどないでしょうに」

播磨屋伊右衛門は、亨と志村から蝦夷屋という船宿がないとの報告を受けた段階で、蝦夷屋吉兵衛の打つ手を読み取っていた。

「人を忍ばせるのが、己だけだと思っていたようですね。やはり、無宿者は、無宿者。一人で暴れるのが精一杯、場を支配できるほどの頭はない」

播磨屋伊右衛門が蝦夷屋吉兵衛ことごろ吉を嘲笑《あざわら》った。

「あ、あそこに、播磨屋がいるぞ」

不利になった蝦夷屋吉兵衛が、播磨屋伊右衛門を指さして叫んだ。

「やっちまえ」

「大儲けしやがって」

下駄小僧たちが、播磨屋伊右衛門へと襲いかかった。

「ふん」

いつの間にか播磨屋伊右衛門の後ろに潜んでいた池端が前に出て、下駄小僧たちを殴り飛ばした。

「ぎえっ」

「ひくっ」

さすがに観衆の前で斬り殺すことはできなかった。

「取り押さえなさい。後で御上に引き渡しますからね」

「へい」

奉公人たちが樽を縛るための荒縄で二人をきつく拘束した。

「……まずいっ」

仲間がやられた蝦夷屋吉兵衛の腰が引けた。

「情けねえまねをするな」

すっと蝦夷屋吉兵衛に近づいた橋場の雪が低い声で言った。

「なにをしていた。おめえの役目は播磨屋をやることだろうが」

蝦夷屋吉兵衛も小声で、橋場の雪を罵った。

「おめえがうまく騒動を起こせねえからだろうが。騒動に紛れて播磨屋へ近づくはずが、なんも起こらねえ。これでやれるか」

橋場の雪が蝦夷屋吉兵衛を責めた。

「……なんとかしろ。このままじゃ、新しい人別はもらえねえぞ」

「わかっているが、あの用心棒がいけねえ。近づくことさえできねえ」

蝦夷屋吉兵衛に急《せ》かされた橋場の雪が、池端を見た。

「下駄小僧たちを縛ってる間なら隙ができると思ったのだが、それは奉公人にやらせ、じっと播磨屋の前で警戒してやがる」

橋場の雪が苦い顔をした。

「じゃあ、どうする」

「樽をひっくり返せ。もう、使えねえだろう。酒をその辺にぶちまけてくれ。集まっている野次馬に、なかでも女にできるだけ酒がかかるようにな」

「酒なんぞかけたら、着物は駄目になるぞ」

「それを狙っているのさ。着物に酒が、それも毒入りといわれている酒がかかったんだ。女がどんな悲鳴をあげるか」

にやりと橋場の雪が嗤《わら》った。

「女の苦痛にゆがむ顔を好むとは聞いていたが……」

蝦夷屋吉兵衛が少し引いた。

「その良さがわからねえおめえは、まだまだだな」

橋場の雪が首を小さく横に振った。

「……わかった。始めるぞ」

「おめえも手伝え」

蝦夷屋吉兵衛の同意を得た橋場の雪が、じっと立ったままの男衆にも命じた。

「……ああ」

男衆がうなずいて、酒の入った枡を両手に持った。

「くらえっ」

「どっせい」

枡に入った酒を女に向けて男衆がかけ、蝦夷屋吉兵衛が荷車を押し出して、野次馬のなかへ突っこみ、酒樽をひっくり返した。

「きゃあああ」

「ひいっ」

女たちの悲鳴があがった。

「危ねえ」

「なにをしやがる」

野次馬があわてて飛び退いた。

物見高いは江戸の常といわれるほど、江戸の民は騒動が好きであった。火事と喧嘩は江戸の華という言葉もある。

播磨屋の前で見守っていた野次馬たちが巻きこまれて、騒動は一気に拡がった。

三

橋場の雪は、女の悲鳴、男の怒号を気にもせず、じっと池端を見ていた。

「よしっ。気が逸れた」

若い娘の甲高い悲鳴に、一瞬とはいえ、池端がそちらへ顔を向けた。

「…………」

彼我の距離は、播磨屋の店の端から端、わずかに五間（約九メートル）もない。気合いを発するなど、素人の刺客である。

橋場の雪は無言で五間を駆けた。

「甘いな」

気を逸らしたはずの池端が、橋場の雪を見て嗤った。

「………」

握りこんでいた匕首を橋場の雪が振るって、池端へ斬りかかった。

「声も出さないのは、見事だが……端からこっちを意識しすぎだ。隙を見せればばくるとわかっていたら、簡単だ」

池端が弟子を諭すように言いながら、橋場の雪の手を摑んだ。

「くっ」

橋場の雪が暴れようとするが、池端に押さえつけられ、さらに関節を逆に極められた。

「は、放せ」

肩の関節が異様な音を立てた。

「これで刃物は使えまい。あとは逃げ出せないように……」

池端が淡々とした表情で、橋場の雪の膝を裏から蹴り飛ばして砕いた。

「があああ」

橋場の雪が絶叫した。

「ご苦労さまです」

眉一つ動かさず、播磨屋伊右衛門が池端の処置を褒めた。

「こいつくらいならば、旦那でも大丈夫でしたな」

池端が要らぬ手出しだったかと述べた。

「いえいえ。この老骨でございますよ。もう、切った張ったは勘弁願いますよ」

とんでもないと播磨屋伊右衛門が手を振った。

「さて、そろそろ主役が出てきましょうよ」

播磨屋伊右衛門が笑いを消した。


岩田は、播磨屋の店先を見渡せる日本橋筋から路地へと入る辻角《つじかど》で、様子を窺っていた。

「しくじりやがった」

最初、蝦夷屋吉兵衛の酒に人が寄らなかったのを見た岩田は怒っていた。

「うまくやったな」

そこから騒動へと事態を持っていったことを岩田が咎めた。

「さて、そろそろ行くか」

岩田が播磨屋へと近づいた。

「おい、なに騒いでやがる。ここは天下の大道だぞ」

十手を抜いて、岩田が野次馬たちに身分をひけらかした。

「お町の旦那」

「こいつはどうも」

たちまち野次馬たちの血気が冷えた。

「なにがあった」

わかっていても一応訊かなければならない。でなければ、後ろで糸を引いていたとばれる可能性がある。

岩田が野次馬の一人に十手を突きつけた。

「最初は……」

問われた野次馬が語った。

「そうかい。ことは播磨屋が原因か」

わざと曲解した岩田が、播磨屋伊右衛門に顔を向けた。

「おい、播磨屋。ちぃと大番屋までつきあってもらおうじゃねえか」

「お断りをいたしましょう」

播磨屋伊右衛門が拒絶した。

「てめえ、御上の御用をないがしろにする気けえ」

岩田が十手を播磨屋伊右衛門に向けた。

「わたくしより先に捕まえるべき者がおりましょう。そこの二人が、酒を撒いたのですがね」

「……逃げろっ」

蝦夷屋吉兵衛と男衆が逃げ出した。

「てめえ、待ちやがれ」

声だけで岩田は追わなかった。

「ちっ、逃げ足の速い野郎どもだ」

岩田が舌打ちをした。

「悪いな、逃げちまった。おめえしかいねえ」

もう一度岩田が播磨屋伊右衛門に同道を要求した。

「まだ、一杯いますよ。ここにも」

播磨屋伊右衛門が、縛られている橋場の雪たちを示した。

「こいつらは……」

「わたくしに襲いかかって参りましたので、うちの者が取り押さえました」

岩田の問いに、播磨屋伊右衛門が答えた。

「酒の質に文句を付けたのを袋叩きにしたのではなかろうな」

「見ていた者は大勢おりますよ」

疑念を口にした岩田に、播磨屋伊右衛門が周囲の野次馬に目をやった。

「まあいい。どっちにしろ、大番屋で話を訊けばすむことだ」

岩田がまたもや播磨屋伊右衛門に十手を突きつけた。

「ところで、あなたさまはどなたでございましょう」

播磨屋伊右衛門が首をかしげた。

「これを見てわからねえのか」

「それが十手だとはわかりますが、あなたさまの名前でも彫ってございますか」

十手を誇らしげに揺らしてみせた岩田を、播磨屋伊右衛門がからかった。

「てめえ、日本橋の大店だからといって、御上に逆らって無事にすむとでも」

岩田が怒りを見せた。

「御上、御上と先ほどから仰せですが、あなたさまこそ、よろしいので。身分をあきらかにせず、御用のまねごとをなさるなど」

「おいらの名前なんぞ、どうでもいい。てめえが、御上に逆らったというだけで……」

「播磨屋どの、こやつか。暴漢は」

機を待っていた亨が、播磨屋伊右衛門に声をかけた。

「これは、城見さま」

播磨屋伊右衛門が頭を下げた。

「お名乗りもいただけず、わたくしを捕まえると」

怖そうに播磨屋伊右衛門が震えてみせた。

「うむ。神妙にしろ。北町奉行所与力城見である。怪しい奴め。捕らえよ」

「おう」

亨の合図で志村が後ろから岩田を羽交い締めにした。

「なにをするか。拙者は南……がっ」

「寝てろ」

名乗りかけた岩田に志村が当て身を喰《く》らわせた。

「ありがとう存じまする」

播磨屋伊右衛門が亨に礼を述べた。

「いや、民の安寧を守ることこそ、町奉行所の役目である。北町奉行曲淵甲斐守さまは、常々そうおっしゃっている」

亨が曲淵甲斐守の名前を出した。

「さすがは、曲淵甲斐守さまでございまする」

播磨屋伊右衛門も追従した。

「この者どもも預かってよいの」

亨が、転がっている橋場の雪たちを指さした。

「お願いをいたしまする」

播磨屋伊右衛門が首肯した。

当て落とした岩田にも縄を掛け、橋場の雪たちと一緒に荷車へ乗せて、亨は常盤橋御門にある北町奉行所へ戻った。

「この者は、南町の隠密廻り」

亨の連れてきた岩田を見た左中居作吾が絶句した。

「播磨屋伊右衛門を無理矢理連れ去ろうとしていたので。それにわたくしは北町ならばまだしも、南町の者の顔など知りませぬ」

「だからといって、岩田をこのような扱いにするのは」

左中居作吾が苦情を申し立てた。

「何度も播磨屋が身分を明らかにするようにと願ったのに、名乗りもせず、拉致しようとしたのでございますが」

「十手を見せたのでございましょう」

左中居作吾はまだ納得しなかった。

「偽造かどうかの判断はできませぬ」

亨が反論した。

「…………」

正論に左中居作吾が黙った。

「……城見どの」

少し思案した左中居作吾が亨に話しかけた。

「お奉行に知られる前に、岩田を解放していただきたい」

同じ八丁堀の役人として、同僚が捕縛されるのを放置はできないと、左中居作吾が願った。

「わたくしの許嫁の縁者を連れ去ろうとしましたが」

亨が左中居作吾を身内に甘すぎると非難した。

「……なれど、このままでは岩田は八丁堀を追放されまする」

捕まえるほうが、捕まった。これは思いきりまずい。少なくとも曲淵甲斐守は、これを利用してくる。

「なにもなしで解き放てと」

「…………」

無条件での解放を要求するのかと問責した亨に、左中居作吾が黙った。

「五十両では」

左中居作吾が金額を口にした。

「ふざけておられるのか。拙者に殿を金で裏切れと」

亭が憤った。

「騒がしいぞ」

町奉行所で遣り取りをしていた二人のもとへ、曲淵甲斐守が現れた。後ろに亭とは別の内与力がついていていた。その内与力が報せたのだ。

「……亭、申せ」

「はっ」

曲淵甲斐守の命に、亭が応じた。

「……ということでございまする」

亭が語り終えた。

「左中居、おまえも竹林と同じか」

聞き終えた曲淵甲斐守が、左中居作吾を睨《にら》みつけた。

竹林とは、左中居作吾の前任の筆頭与力のことだ。町奉行所を支配しようとした曲淵甲斐守に反発して、八丁堀から放逐された。その後、浪人を伴って、曲淵甲斐守の行列を襲ったが、亨によって返り討ちに遭った。

「と、とんでもございませぬ」

左中居作吾が慌てて、首を左右に振った。

「同僚のかばい合いも度が過ぎると不快だぞ」

曲淵甲斐守が低い声を出した。

「……はい」

左中居作吾がうなだれた。

「こいつはなにをしている」

岩田の役目を曲淵甲斐守が問うた。

「隠密廻り同心でございまする」

「ほう、かなりできるのだな」

左中居作吾の答えに、曲淵甲斐守が感心してみせた。

「だが、城見には及ばぬとはな」

曲淵甲斐守がため息を吐いた。

「お奉行……なにとぞ、軽い処罰ですませていただきたく。この者の妹と娘が、北町の者のもとへ嫁いでおりまする」

　年番方は与力、同心の人事も担当するだけに、そういった事情にも通じていた。

「こやつは南町奉行牧野大隅守どのの配下じゃ。余が罰するのは問題になるだろう。せいぜい、大隅守どのに苦情を付けるくらいじゃの」

「……それはっ」

　左中居作吾が息を呑んだ。

　出世競争で、かなり曲淵甲斐守に先を走られている牧野大隅守である。己の足を引っ張るようなまねをした者をそのままにはしない。

「随分とお優しいことだの。信賞必罰は政の根本だが」

　もし、なにも罰を与えないとか、短期間の謹慎などの軽い咎めですませば、曲淵甲斐守からまた嫌味を言われる。

「配下さえ、咎め立てできぬ者に、大目付や留守居などの重き役目は、務まらぬのではございませぬか」

　曲淵甲斐守が、執政あたりに吹きこめば、牧野大隅守の出世は終わる。

「なれ合うような者に、お城下は預けていられぬ」

牧野大隅守の進退にもかかわってきた。

そんな事態を引き起こすかも知れない岩田を、牧野大隅守が許すはずはなかった。

出世をするには実力と運、猜疑心、そして転ぶ前から足下の石を取り除く慎重さが要る。

「轡《くつわ》を取ってやれ。どうやら起きているようじゃ」

曲淵甲斐守が、亨に告げた。

「はっ」

亨が岩田の口に巻いていた手拭《てぬぐ》いを解いた。

「きさま、なにをしたのかわかっているのか。牧野大隅守さまのお指図で江戸城下を巡回していた隠密廻りの儂《わし》を……」

「黙れ」

亨を非難し始めた岩田を曲淵甲斐守が見下ろした。

「か、甲斐守さま……」

冷たく言われた岩田が脅えた目をした。

「聞いていたな。おまえをどうするかは、余の胸先三寸である」

「ですが、その者は、町奉行所の役人で役目にあったわたくしに、無体を仕掛けたのでございますぞ。隠密廻りは身許をあきらかにせず、任を果たすこともありまする。それは甲斐守さまもご存じのはず」

曲淵甲斐守の宣言に、岩田が反論した。

「身許を隠しての任務」

感情のない声で曲淵甲斐守が繰り返した。

「さようでございまする。それをこの内与力さまは邪魔をなさいました。今ならば、なにもなかったことにしても……」

「はああ」

突破口を見つけたとばかりに主張しだした岩田を、左中居作吾のため息が止めた。

「左中居どの、なんでござる」

岩田が怪訝な顔をした。

「身許を隠しての任務ならば、なぜ、十手を出した」

「…………」

痛いところを突かれた岩田が黙った。

「ひたすら詫びるならば、口添えのしようもあったのだが……」

左中居作吾が処置なしだと首を横に振った。

「同じ八丁堀の仲間ではありませんか」

岩田がすがった。

「左中居」

「はっ」

曲淵甲斐守に呼ばれて、左中居作吾が姿勢を正した。

「南町の与力の誰かを呼んで参れ」

「……ただちに」

左中居作吾が一礼して駆けていった。

四

逃げ出した蝦夷屋吉兵衛ことごろ吉は、一度日本橋を離れたが江戸からは出なかった。

「岩田の旦那なら、うまくやるだろう」

一緒に逃げ出した男衆と茶店の奥座敷へ落ち着いた蝦夷屋吉兵衛が言った。

「だといいが……」

男衆が不安そうな顔をした。

「あの橋場の雪が、夜中の雪のように静かに人を殺《あや》める、橋場の雪があんなにあっさりとやられたんだぞ。岩田の旦那も……」

「阿呆《あほう》、岩田の旦那は町方役人だぞ。播磨屋がどれほどの豪商でも、町奉行所の同心をどうこうできるわけねえだろう」

脅える男衆に蝦夷屋吉兵衛が述べた。

「そうだな。そうだよな」

男衆が無理矢理己を納得させた。

「しかし、どこで失敗したんだ」

蝦夷屋吉兵衛が首をかしげた。

「すべて手はずどおりだったはずだぞ」

「樽のことを言われていたな」

男衆が思い出した。

「樽がまずかったか。たしかに樽を替えると酒の味は変わるが……そこに気づくか、普通は」

「気づかねえな。酒飲みは飲めさえすれば、入れ物なんぞなんでもいいという連中だ」

蝦夷屋吉兵衛の疑問を、男衆も認めた。

「誰かが裏切ったというのは……」

「むうう」

男衆の懸念に蝦夷屋吉兵衛が唸った。

「全員いたはずだ」

「……たしかに」

今度の策には無宿者狩りで捕まったうちの六人がかかわった。蝦夷屋吉兵衛、男衆、橋場の雪、そして播磨屋伊右衛門に襲いかかった三人である。

「むうう」

蝦夷屋吉兵衛が腕を組んだ。

「どうした」

考えこんだ蝦夷屋吉兵衛に、男衆が尋ねた。

「まさかと思うがよ、岩田さまじゃねえだろうな」

「なに言ってる」

蝦夷屋吉兵衛の懸念に男衆が驚愕した。

「おいらたちを使い潰し、播磨屋を捕まえる」

「あっ」

男衆が声を漏らした。

「あのとき、おいらたちも逃げ出していなければ……」

「捕まえられたかも知れねえ」

震える男衆に、蝦夷屋吉兵衛も肩を抱いた。

無宿者は、いつ捕まるかわからない。住まいも、金さえ払えば出自は気にしないといった割高な長屋しかなく、酒を飲んでいても、女を抱いていても、いつ町方役人に踏みこまれるかと怯える毎日であった。

その道を選んだのはおまえだと言われれば言い返せないし、実際、他人を泣かせて生きてきた。

「汗水垂らして働くなんぞ、馬鹿らしくてやってられるかい」

「四文、十文に泣くだと。こちとら小判にしか用はねえよ」

とか、無宿者は嘯《うそぶ》くが、それを本心から言っている者は少ない。

無宿になる、人別を失うというのはあまりに大きいのだ。

故郷がなくなる、親類縁者との交流が途切れる、友人知人がいなくなる。それは百万人が住むといわれる江戸にいても、独りぼっちと同じであった。

周囲全部に注意を払わなければならない毎日は、とてつもなく辛《つら》い。人別さえあれば、身許引き受け人を作ることはさほど難しくない。

地方から出てきた者に仕事や奉公先を紹介する口入れ屋へ行けば、人別の確認だけで身許の引き受けをしてくれる。もちろん、相応の手数料を奪われるが、口入れ屋で仕事を紹介してもらえれば、長屋も借りられるし、嫁を迎えることもできる。

なにより、町方役人を見ても、身を潜めなくてすむ。

蝦夷屋吉兵衛ことごろ吉が、橋場の雪と怖れられる刺客が、岩田の誘いに乗ったのも、新しい人別がもらえるという褒賞のためであった。

「ふざけやがって」

「端《はな》から、おいらたちに人別なんぞ、くれるつもりはなかった」

二人が怒りを見せた。

「おいらたちが捕まって岩田の誘いだったと訴えたところで、無宿者の言うことなんぞ、誰も本気にしてくれねえ。ましてや、その相手が町奉行所同心じゃ、さっさと口封じされるのが落ちだ」

蝦夷屋吉兵衛が吐き捨てた。

「どうする」

男衆が今後について訊いた。

「岩田の野郎に痛い目を見せてやりたいとは思うが……それこそ捕まってしまうな」

「そうだな」

蝦夷屋吉兵衛の危惧《きぐ》を男衆が認めた。

「無宿狩りから逃げられただけで、よしとするか」

「それしかねえか」

二人がため息を吐いた。

「金はあるか」

「酒を買ったときの余りだけだな」

男衆の問いに蝦夷屋吉兵衛が首を左右に振った。

「衣服があるだけましか」

「だの」

蝦夷屋吉兵衛はちょっとした商家の主のように羽織りまで着ているし、男衆は商家の手代のような着流しとはいえ、それなりの格好をしている。

無宿者狩りに遭ったときに着ていた、垢《あか》じみてすり切れたものとは、ずいぶんと違っている。湯屋にも行かせてもらい、月代《さかやき》も髭も剃っている。

見た目で咎められることはないといえた。

「乗りこみをやるか」

「いいな」

二人が口角を吊り上げた。

乗りこみは、商家へ新たな取引を申しこむ振りをして、相手を欺《だま》して金を取ったり、隙を見て窃盗、強盗に変身する悪事の一つである。身形がしっかりしていないと、店の主に会えなかったり、相手にされず放り出されたりするため、無宿者には敷居の高い手口であった。

「前祝いに一杯やるか」

「いいな」

後のことを考えない。これが無宿者であった。

南町奉行所筆頭与力一柳左太夫は左中居作吾の顔を見て、嫌な予感がした。

「どうした、まだ飲むには早すぎるぞ」

冗談にまぎれて一柳左太夫が、左中居作吾に用件を尋ねた。

「岩田が捕まった」

「はあ……」

左中居作吾の言葉に、一柳左太夫がみょうな声をもらした。

「なにを言っている。岩田といえば、南の隠密廻りだろう。その岩田が誰に捕まったというのだ」

　一柳左太夫が訊いた。

「甲斐守さまの内与力どのにだ」

「よけいにわけがわからぬわ。説明してくれ」

　答えた左中居作吾に、一柳左太夫が説明を求めた。

「……こういう経緯らしい」

「馬鹿者が……」

　聞いた一柳左太夫が絶句した。

「よかった」

　事情を知らなかったらしい一柳左太夫の様子に、左中居作吾が安堵した。

「南町全部がかかわってでもいたら、悪夢ではすまなかった」

「後ろ暗いことなんぞ、受け入れられるはずもなかろうが。隠密廻りは奉行の差配を受けるからな。けっこう、無茶をしてくれる」

　一柳左太夫がため息を吐いた。

「岩田を返してくれるんだろうな」

「甲斐守さまが怒っておられる」

「それはわかっている。北町奉行曲淵甲斐守さまと親しい播磨屋を罠にかけようとしたんだ。しかし、岩田は八丁堀の者だ」

「それで吾《われ》が来た。南町奉行所の与力を連れてこいとの仰せだ」

助けなければならないと一柳左太夫が左中居作吾に宣した。

「甲斐守さまのお呼び出しか」

一柳左太夫が嫌そうな顔をした。

「どうにか、そっちでやってくれぬか」

誰でも怒り狂っている町奉行の相手などしたいはずはない。左中居作吾に任せたいと一柳左太夫が頼んだ。

「できたら、とうにやっている」

「……だな」

少し怒りを含んだ左中居作吾に、一柳左太夫が肩を落とした。

「それに、筆頭与力のおぬしが行かねば、他の与力や同心がどう思う。身内をかばえもせぬ者に筆頭与力なんぞをさせるわけにはいかないとなるぞ」

左中居作吾が一柳左太夫を揺さぶった。

「……むう」

一柳左太夫が呻いた。

筆頭与力は、世襲制ではなかった。町奉行所の与力として長年勤め、周囲からの尊敬を得られるだけの実績をあげた者が就ける。

筆頭与力には、いろいろな利権があった。商家や大名家から節季ごとにもらえる挨拶金の分配や町奉行所に与えられている予算の案分は、筆頭与力の仕事であり、そこに思惑を絡められる。

他にも平均二百石とされる本禄が二百二十石くらいに増える。それだけの責任があった。

「わかった。お叱りを受けよう」

やっと一柳左太夫があきらめた。

呉服橋御門内の南町奉行所から常盤橋御門の北町奉行所まではさほど離れてはいない。少し急ぎ足で歩けば、小半刻（約三十分）もかからなかった。

「南町奉行所筆頭与力一柳左太夫でございまする」

表門から南町奉行所の者が出入りしては目立つ。

一柳左太夫は、役宅で待ち構える曲淵甲斐守に目通りをした。

「うむ。曲淵甲斐守である」

曲淵甲斐守が不機嫌を露《あら》わに応じた。

「このたびのことは、南町奉行所にかかわりなく、岩田一人がおこなったものでございまする。とはいえ、南町奉行所の者が甲斐守さまにご迷惑をおかけしたことはまちがいなく、深くお詫びを申しあげまする」

一柳左太夫が平伏した。

「こやつが南町の者だと認めるのだな」

「はい」

念を押した曲淵甲斐守に、一柳左太夫が首肯した。

否定はできなかった。否定すれば、岩田は不逞浪人扱いとなり、このまま小伝馬町の牢屋敷へ送られてしまう。

もと町方役人が牢に入る。恨み骨髄の者たちが大喜びで復讐し、三日と経たずに死ぬことになる。

もし、岩田を見捨てれば、一柳左太夫は筆頭与力たる義務を果たせなかったと、その地位に留まることはできなくなる。さらに隠居することになるし、同じ八丁堀の仲間を見殺しにしたとして、跡継ぎに嫁は来ない、娘は嫁げないと、村八分のような状況になる。

「どう、責任を取る。南町奉行牧野大隅守どのに話を持っていってもよいのだぞ」

「…………」

曲淵甲斐守の言葉に、一柳左太夫が思案に入った。

一柳左太夫が即答しないのは、町奉行など町方役人にとって身内ではないからであった。遠国奉行や勘定奉行などから転じて、大目付や書院番頭などへ転じていく町奉行は、雲の上の人であった。また、手柄を立てたところで、与力は与力、同心は同心と出世のない町方役人としては、出世街道の先頭を行く町奉行は嫉妬の対象でしかなかった。

つまり、牧野大隅守が出世しようが、左遷されようが、どうでもいいのだ。

一柳左太夫が牧野大隅守に尽くし、その出世を助けてもなんの見返りももらえない。その町奉行のために、何かしようという気は、町方役人にはこれっぽちもなかった。

「どういたせば」

少しして一柳左太夫が曲淵甲斐守に尋ねた。

牧野大隅守が曲淵甲斐守に頭を下げようとも、どうでもいいのだが、その不満をぶつけられるのはたまらない。

曲淵甲斐守の出す条件次第では、牧野大隅守を見捨てるつもりに一柳左太夫はなっていた。

「奉行を見捨てるか」

しっかりと見抜いた曲淵甲斐守が笑った。

「損益を考えるのも筆頭与力の役目でございますれば」

一柳左太夫が堂々と返した。

「ふん。配下の同心一人、扱いかねておるのにか」

「返す言葉もございませぬ」

皮肉られても一柳左太夫は言い返せない。

「で、こいつの代金はどれくらいだ」

利のある話をしろよと曲淵甲斐守が急かした。

「岩田の値段でございますか……」

ちらと一柳左太夫が、轡は外されているが後手にくくられている岩田を見た。

「銭ならば四文でも払いたくはございませぬ」

「一柳さま」

価値がないと言われた岩田が抗議した。

「黙れ。おまえのせいで南町がどれだけ迷惑を蒙っているか、わかっておろうが」

「…………」

岩田が黙った。

隠密廻りは、町奉行の懐刀であった。岩田は牧野大隅守から命じられてやったとは言えなかった。言えば、簡単に口を割るとして見限られる。

なにがあっても上を守る。その姿勢を見せなければ、今度は岩田がしっぺ返しを喰らうことになった。

「お手伝いをするというところでいかがでしょう」

考えた一柳左太夫が条件を出した。

「手伝いとは、おぬしだけか」

「いえ、南町奉行所に属する者すべてが、曲淵甲斐守さまに従いましょう。ああ、言うまでもございませんが、町奉行と内与力は別でお願いをいたしまする」

牧野大隅守とその家臣である内与力は、曲淵甲斐守にとっても鬼門でしかない。

「ふむ」

曲淵甲斐守が検討に値するといった風な態度を見せた。

長い間かけて婚姻や養子縁組みを重ねてきた八丁堀与力、同心は皆縁戚のようなものだが、不思議と役目のことになれば、反目し合う。

「どちらがよりよい成績を残すか」

下手人の捕縛などの数を競うとか日常茶飯事である。

互いに切磋琢磨するといえば聞こえはいいが、ようは足の引っ張り合いであった。

それを南町奉行所はしない、北町奉行所を慮《おもんぱか》ると一柳左太夫は言ったのだ。

「こいつはどうする。もう、隠密廻りはできまい」

牧野大隅守の懐刀が失敗をして、南町奉行所に被害を出した。今までどおりではすまないだろうと曲淵甲斐守が訊いた。

「隠居させまする。このまま町奉行所へ戻ることなく、届け出はわたくしが」

「それはっ」

告げた一柳左太夫に岩田が声をあげかけた。隠密廻り同心は町方同心の上がり役である。ここまでこれるのは町奉行所同心百二十人のなかからたった一人であり、そこにいたるまでの苦労は並大抵のものではない。いうまでもないが、隠密廻り同心の余得は他の同心とは比べものにならないほど多かった。

「口を出すな。おまえのせいでこうなったのだ。文句があるならば、息子を干すぞ」

「…………」

同心は、跡継ぎがあるていどの年齢になると見習い同心として奉職させる。こうやって早くから職務になれさせ、家督を相続してすぐに役立つようにと鍛えるのだ。

岩田の長男も見習い同心として数年前から、南町奉行所へ出務している。このまいけば、岩田の引退とともに、高積み廻り、養生所見廻りといった廻り方同心へ任じられ、やがて同心のなかの同心、定町廻りへと進んでいく。

一柳左太夫は、その息子の出世街道を塞ぐと脅した。

「わかりましてございまする」

息子の将来とは引き換えにできない。

岩田が折れた。

「わかった。連れて帰れ」

曲淵甲斐守が、一柳左太夫の提案を受け入れた。

第四章　天秤の傾き

一

南町奉行牧野大隅守の用人白川は、無宿者狩りの間だけ内与力を兼任していた。期間を区切ったのは、本職である用人が多忙で、他のことをしているだけの余裕がなかったからである。

「今しかない」

岩田に播磨屋伊右衛門のことを任せた白川は、無宿者狩りで捕まえた者で手配のされていない連中を閉じこめた空き屋敷へと来ていた。

「これは、白川さま」

岩田がいなくなったあと、無宿者たちの詮議《せんぎ》は止まっている。とはいえ、放置もできないので、見張りと食事などの世話をするため、岩田から十手を受けている御用聞きたちが空き屋敷で留守番をしていた。

「薬造《やくぞう》であったか」

「へい」

名前を確認した白川に御用聞きがうなずいた。

「無宿者は何人残っている」

「ちょっとお待ちを」

白川に問われた薬造が後ろを振り向いた。

「おい、今、何人いる」

「ええと岩田の旦那が六人連れ出されて、深川から二人連れられてきて、牢屋敷へ……」

薬造に訊かれた下っ引きが指を折り始めた。

「……全部で十二人じゃねえかと」

「馬鹿野郎、しっかり勘定しておかねえか」

断言しなかった下っ引きを薬造が叱りつけた。

「すいやせん」

下っ引きが頭を下げた。

「十二名でござんす」

「そのなかで質《たち》の悪いのは何人だ」

「質が悪いといえば、全部でございますが……」

無宿者でまともな者はまずいなかった。

「とくに危ねえのは、四人でございましょうか」

難しい顔で薬造が答えた。

「どう危ないのだ」

「ご手配がかかっちゃいねえので、絶対とは言えやせんが……あっしの勘が、ありゃあまずいと訴えやす」

白川の質問に薬造が表情を引き締めた。

「下手人か」

「たぶん……いや、少なくとも人を殺したことはあるはずで」

薬造がうなずいた。

「ならば、牢屋敷へ連れていかぬか」

さすがに空き屋敷で責め問いはできない。拷問にはいろいろと手順がある。割れ竹で叩くくらいしか、牢屋敷以外ではおこなえないし、そのていどで吐くような奴ならば、とっくに捕まっている。

「それが……」

白川に言われた薬造が口ごもった。

「はっきりいたせ。職務怠慢として岩田に申してもよいのだぞ」

「ご勘弁ください」

十手を預けてくれている同心や与力に叱られるほど御用聞きに怖いことはなかった。

「てめえになんぞ十手はもったいねえわ」

こう言われて取りあげられれば、いきなり立場を失ってしまう。

御用聞きが月に一分くらいという、子供の手間賃ていどで与力、同心の手下をやっているのは、十手という権威をもらえるからである。

「お願いをいたしまする」

町内の商家から、なにかのときは手心を加えてくれという意味の含まれた、節季の挨拶金をもらえるだけでなく、

「馳走になっとくぜ」

町内での飲食は基本ただになる。

「今晩、どうでえ」

芸妓や夜鷹などの女を抱くこともできる。

余得がかなり大きいのだ。

そうでもなければ、下っ引きを何人も雇ったりはしない。

もし、十手を取りあげられれば、すべての余得がなくなるだけではなく、今まで好き放題してきたことへの報いが来る。

「出入りしないでもらおう」

金をくれた店からは追い出され、

「おととい来やがれ」

ただ飯を喰わせてくれたところが塩を撒く、

「金玉握り潰すよ」

閨《ねや》で嬌声をあげていた女が、夜叉《やしや》のような顔をする。

それこそ、町内から追い出されてしまうはめになりかねなかった。

「あっしから聞いたとはご内聞に」

薬造が条件を付けて語った。

「牢屋敷から、今は一杯なので、面倒なのを連れてくるなと」

「なんだとっ」

白川が絶句した。

「無宿者狩りで、ご手配の下手人や盗賊が捕まりましたでやしょう。どうやっても死罪なんでやすがねえ。余罪を確かめておかねえと後々困るとかで、毎日責め問いをしているらしく、とても新しいのの相手はできないと」

薬造が付け加えた。

「むうう」

白川が腕を組んだ。

無宿者狩りは、白川の主君である牧野大隅守が、北町奉行曲淵甲斐守への対抗心として始めたもので、いわば突発のできごとであった。

　当然、予定にない無宿者狩りは効果を上げたが、いろいろなところに無理を生じさせた。寺社奉行からの苦情もその一つであり、牢屋敷の手詰まりな状況の原因となっている。

「いかがいたしやしょう、南町奉行所からの申し入れだとして、連れていきやすか」

　責任は南町奉行牧野大隅守に取ってもらうことになると、暗に薬造が述べた。

「いや、それはいかぬ」

　牢奉行を世襲する石出帯刀は、石高六百石ながら不浄なる罪人を扱うとして、身分は町奉行所与力上席格でしかなかった。さすがに罪人を連れてこられて、事務を含めたいろいろが滞るからといって、牧野大隅守へ文句を付けてくることはない。

　しかし、その不満は残る。

　へんな話になるが、小伝馬町牢屋敷は、すでに満杯なのだ。いくら罪人だとはいえ、狭さに耐えかねた囚人たちが人減らしをするのを黙って見ているのは、いい気持ちではない。

　その牢屋敷の現状も気にせず、罪人を送りつけてくる牧野大隅守より、内政に重きをおき、負担をあまりかけない曲淵甲斐守がありがたいのは当たり前のことだ。

ここでの無理は、牢奉行石出帯刀を敵に回すだけであった。

「牢の話はなしだ」

「へい」

手を振った白川に、薬造が安堵した。

「で、その四人はどいつだ」

白川が簡易に雨戸を釘打ちしている空き長屋を見た。

「危ねえので、一人ずつ別にしてやす」

「そこまでか」

白川が驚いた。

「いえ、他の無宿者と喧嘩をするわけじゃございませんが、そいつらと語らって逃げ出そうとしやがるかも知れねえので」

「数が集まれば、危ないと」

「さようで。こっちは岩田の旦那がおられなくなって、四人しかいやせん。十二人全部で語らわれては……」

薬造が脱走を防げないと首を横に振った。

「なるほどの」

白川が納得した。

「少し、顔を見たいが、大丈夫か」

「なかへ入ってはいただけやせんよ」

申し出た白川に、薬造が条件を付けた。

「わかっている。そこまで無謀ではない」

白川が首肯した。

まだ、疑わしそうな顔をしていたが、筆頭与力と同格で岩田の上司とも言うべき白川の要求を拒むわけにもいかなかったのだろう。

「こちらへ……」

薬造が長屋の一軒へと白川を案内した。

「馬鹿しでかすんじゃねえぞ」

長屋の外から、薬造が険しい声を出した。

「…………」

下っ引きが六尺棒を構えるなか、長屋の扉が少しだけ開いた。

「これ以上は開けやせんので」

ちょうど飯椀が入るていどの隙間で、薬造が告げた。

「そこまでか」

これはなにをしでかすかわからない奴だという事情からであり、他の無宿者をまとめて入れてある長屋などは半分ほどだが開く。

「すいやせんが」

薬造が詫びた。

「そなたが謝ることではないが……おい、顔を見せろ」

白川が薬造から、長屋のなかへと顔を向けた。

「……おやかましいことで」

皮肉げな笑いを貼り付けた女が、顔を出した。

「女ではないか」

白川が驚いた。

「いけませんかあ、女じゃや。こんなものも付いてますけども」

女がいきなり襟をくつろがせた。

「乳など出すな」

あわてて白川が顔をそむけた。

「うぶなお武家さまだこと」

女が声をあげて笑った。

「そなた、名は」

「名前なんぞ、とっくに捨てられちまいましたよ。人別を奪われたとき、一緒に」

白川に訊かれた女が嘯いた。

「通り名でいい」

本名でなくてもかまわないと白川が告げた。

「じゃあ、お今《こん》とでも呼んでくださいな」

女が応じた。

「己でおを付けるのか」

「付けなきゃ、きつねの鳴き声になっちまいましょう」

白川の言葉に、今が笑った。

「薬造、こいつはどのような御法度をしたのだ」

「それが……」

尋ねられた薬造が口ごもった。

「なにもしてやせんさ。たしかに無宿ではございますけどね。それは国元で、両親《ふたおや》が死んで、財産を独り占めしたくなった叔父が、勝手にあたいを死んだことにして、人別を消しちまったからで、なにもしてませんよ」

今が哀れっぽい声を出した。

「まことか」

思わず白川が応じてしまった。

「白川さま、欺されてやすぜ」

薬造が割りこんだ。

「こいつは少なくとも五人の男をやっちまってるはずで」

「五人だとっ」

じろりと今を見ながら告げた薬造に、白川が驚愕した。

「なにを言ってるのやら。あたいがいつそんな怖ろしいことを」

今が否定した。

「どうして、それでご手配になっていない」

白川が薬造に問うた。

「それが……」

薬造が言いにくそうな顔をした。

「申せ」

厳しく白川が命じた。

「五人とも医者の診たてで腹上死だとなりまして」

「……なんじゃと」

白川が唖然とした。

「五人とも、こいつと同じ寝床で死にまして……」

「………」

薬造が今を指差し、白川が呆然《ぼうぜん》と見つめた。

「あたいがあまりにいい女すぎて、男が無理しちまうんですよ。いい歳をした男が、一日何回もしたら、ねえ」

今が婉然《えんぜん》と笑った。

「腹上死だと、咎められぬのか」

「殺しじゃございませんでしょう」

尋ねた白川に、薬造が首を横に振った。

「腹上死に見せかけた殺しだとは、疑わなかったのか」

「もちろん、疑いやしたが……医者が」

「医者がなんだと」

「おっ勃《た》ってましたからねえ」

さらに問いを重ねた白川に、薬造に代わって今が答えた。

「そうなのか」

「あっしに訊かれてもわかりやせんよ。医者が言うことなので」

確かめてくる白川に、薬造がなんともいえない顔をした。

「……出してくださいよ、旦那。あたいが無宿なのはまちがいございませんけどねえ。こんないい女が佐渡なんぞへ送られたら、一日と保《も》ちませんよ」

今が白川に言った。

「女の無宿はどうなるんだ。やはり佐渡送りか」

白川が薬造に質した。

「あっしは知りやせん。女の無宿が捕まったというのも聞いたことがありやせんし」

女の咎人がいないわけではないが、それらは皆何かしらの罪を犯したという証があってのことになる。

薬造がわからないと逃げた。

「旦那、哀れだと思ってくださいな。あたいはまだ二十六歳でございますよ。多少薹《とう》はたってますけど、まだまだ女盛り、その女を島流しはかわいそうじゃござんせんか」

哀れっぽい声で今が願った。

「出してくださったら、この身体《からだ》、お好きにしていただいても……」

今がしなを作った。

「……好きにしていいのだな」

白川が念を押した。

「もちろんでございますよ」

今が喰い付いた。

「よかろう」

「旦那……それはっ」

うなずいた白川に、薬造が目を剝いた。

「黙っていろ」

「………」

白川に睨まれて、薬造が口を閉じた。

「女か、ちょうどいい……ふふふ。吉原に思い知らせてくれるわ」

今をじっと見つめながら、白川が含み笑いをした。

二

吉原は公認の遊郭だとされている。これは吉原の初代惣名主となった北条家浪人庄司甚内が、関ヶ原の合戦へ出向く徳川家康を品川まで遊女に見送らせた故事によった。

無事に関ヶ原の合戦で勝利した徳川家康は、庄司甚内の行為を奇貨として褒め、以降江戸における遊女のまとめ役をするようにと命じた。

こうして吉原は幕府から公許を得たとされ、他の岡場所のように町奉行所の手入れを受けることなく、繁栄を謳歌していた。

「あのう」

吉原の大門を潜《くぐ》ったところにある吉原番所、通称四郎兵衛《しろべえ》番所へ女が声をかけた。

「なんだい。ここは女の来るところじゃねえぞ」

番所に詰めていた忘八が、女に手を振った。

「身を売りたいのですけど……」

「えっ」

女が発した言葉に、忘八が一瞬啞然とした。

忘八とは、吉原で客引き、案内、配膳、後片付けなどの雑用をおこなう男のことで、世間からは売られた女の涙で生きていると忌避されていた。

その忘八の仕事の一つが、番所に詰めて、辛くなった女が逃げ出したり、出入り禁止になった客が入りこんでくるのを見張るというものであった。

「姐《ねえ》さん、冗談は止めてくれ」

忘八が手を振った。

「冗談と違います。本気で身を売りたいんです」

女がもう一度言った。

「わかっているのかい。ここが吉原で、どういったところかと」

「承知してます」

確かめた忘八に女がうなずいた。

「金が要るのかい」

「欲しいです」

「おまえさんくらいの美形だと、いくらでも金の稼ぎようはあると思うけどねえ。なにもいきなり苦界に来るんじゃなく、妾《めかけ》とかあるだろうに」

忘八が再考を促した。

吉原は、他の岡場所ほどではないが、一度身を沈めるとそうそう抜けられない。

一応、公認遊郭という看板があるため、二代将軍秀忠が出した人身売買禁止に従って、どれほどの借財があろうとも二十八歳になったところで年季は明ける。

もちろん、そんなものはいくらでも抜け道はあって、二十八歳までに借財の清算ができなかった場合は、吉原と認められているかどうかさえ怪しい場末の見世へ、ふたたび身売りさせられることになる。

そうなれば、末路は悲惨であった。体調がどうだろうがお構いなしに客を取らされる、どころか一夜に四人とか五人の相手をさせられ、身体を壊しても療養はさせてもらえず、そのまま死ぬまで放置されるか、客が付かなくなるほどぼろぼろになって、放り出されるかになった。

「お妾でもお金はもらえましょうけど、男は一人になりますから」

「…………」

あっけらかんと言った女に忘八が唖然とした。

「おめえさん、そっちか」

「そっちがなにかわかりませんけど、閨ごとは三度のご飯より好き」

問いかける忘八に、女が笑った。

「わかった。ついてきな」

忘八が先に立って、女を案内した。

番所の名前が四郎兵衛番所と呼ばれているのは、その費用を吉原一の大見世、三《み》浦屋四郎右衛門《うらやしろうえもん》が負担しているからである。当然、そこへ詰めている忘八も、ほとんどが三浦屋四郎右衛門に属している。その忘八の頭を四郎兵衛と称していた。

「旦那」

「どうしたい、四郎兵衛。おまえさんは番所の担当だろう」

見世の奥で帳面を見ていた三浦屋四郎右衛門が怪訝な顔をした。

「番所に詰めていたところ、このお方が」

すっと四郎兵衛が身をずらし、女を前に出させた。

「あなたさまは」

三浦屋四郎右衛門が目を細めた。

遊郭には、稀にだが女が苦情を言いに来た。

「夫が帰ってこないのは、おまえのところの遊女が放さないからだ」

「わたしがあの人に振られたのは、ここの遊女がたぶらかしたからだ」

ほとんどが番所で止められて、説得を受けるが、なかには番所を無視して見世まで来る者もいた。

番所の忘八も足抜けを企む遊女にならば手をあげられるが、普通の女を殴るわけにはいかない。どれほど説得されても納得しない女は、こうやって見世の主のもとへ連れてくるのだ。

「誰だい」

三浦屋四郎右衛門がいつもどおりだと考えて、四郎兵衛に敵娼《あいかた》が誰かを訊いた。

こういった頭に血が昇った女は、敵娼の遊女を呼んで、女としての差を見せつけてあきらめさせるのが早いからであった。

「それが、違いやして……」

四郎兵衛が事情を語った。

「へえ、おまえさんがね」

三浦屋四郎右衛門の目つきが、遊女屋の主のものへと変わり、女の身体をなめ回すように見た。

「ご苦労だったね。番所へ帰っていいよ」

四郎兵衛を三浦屋四郎右衛門が戻した。

「いくつだい」

「二十三歳になりました」

「脱いでおくれな」

「はい」

三浦屋四郎右衛門の淡々とした指示に、女が応じた。

「ふうん。なかなかいい身体だね。ちょっと足を拡げて……手入れはしてないか」

「…………」

堂々と股間を見られた女がさすがに憮然とした。

「どうするかい。身売りで二十八歳までの年季にするか、客を取ったらいくらにするか。金が要らないなら、どっちでもいいよ」

三浦屋四郎右衛門が女に問うた。

「……どっちが金になります」

「そうだねえ。身売りは最初にそこそこの金が入るけど、返すには利子が付くよ。客ごとだと大金にはならないけど、確実だねえ。夜具代や部屋代を揚屋に払うのもおまえさんになるから、さほど儲からないけど、心付けは全部懐に入れていいよ」

訊いた女に三浦屋四郎右衛門が説明した。

「客ごとでお願いします」

「わかったよ。ただし、吉原の決まりだ。きっちり辞めるまで吉原から出られないよ」

告げた女に三浦屋四郎右衛門が付け加えた。

遊女が自在に出入りできれば、客を外で取ることもできる。吉原で気に入った客を作り、後は外の船宿あたりで身体を重ねれば、丸儲けになる。それを許しては吉原が成りたたなくなる。

「はい」

女が首肯した。

「じゃあ、決まったね。今日からうちに住みなさい。ああ、客を取るのはまだだよ。まず、身体の手入れを覚えてもらわなくてはね。そんな繫ってちゃ、お客の大事なところが毛切れするよ」

三浦屋四郎右衛門が女を受けいれた。

「誰かいるかい。後は任すよ」

「へい」

三浦屋四郎右衛門に言われた忘八が首を縦に振った。

「こちらで」

忘八が女を促した。

「ああ、忘れるところだった。おまえさん、名前は」

「今と申します」

思い出したように問うた三浦屋四郎右衛門に女が告げた。

今を送り出した三浦屋四郎右衛門が、眉間にしわを寄せた。

「桶次郎《ひじろう》をここへ」

三浦屋四郎右衛門が忘八の頭を呼んだ。

「御用で」

すぐに桶次郎が顔を出した。

「忙しいときにすまないね」

己に代わって見世を差配してくれているのが、忘八頭になる。商家でいうところの番頭のようなものだ。三浦屋四郎右衛門が気遣った。

「いえ。伊蔵や戌吉がいてくれやす。それに少し、お客さまの足も落ち着きやした。どうぞ、ご遠慮なく」

桶次郎が手を振って、気遣いに謝した。

「どうだい、見世は」

「順調で。今日はお茶っぴきもいやせんし」

お茶っぴきとは、客がつかない遊女のことをいい、なにもしない罰則として、客に出す茶を細かく挽かされることから、そう呼ばれるようになった。

「それはよかった」

遊郭にとってなにがよくないかといえば、遊女に独り寝をさせることである。ほとんどの遊女には最初に年季分の給与にあたる金を渡している。それで客がつかなければ、売りあげが入ってこず、見世として丸損になってしまう。

「てさま、先ほどの女は」

いいところを見計らって、桶次郎が訊いた。

「そのことなんだがね。最近、なにか噂を聞いていないかい」

「……最近、見世ではなにもございませんねえ。お客さまと女のもめ事もございませんし、忘八とお客さまがというのも」

尋ねられた桶次郎が否定した。

「じゃあ、見世以外ではどうだい」

幅を拡げて、三浦屋四郎右衛門がさらに問うた。

「……そういえば、相生屋さんと白川さまのことはどうなりやした」

「それならば、知っている。その後どうなったかは知らないけどね。なにか影響が出てるのかい」

三浦屋四郎右衛門が尋ねた。

「そこまでは」

桶次郎が首を横に振った。

「相生屋さんは、揚屋だ。うちと違ってお客さまと直接やりとりをする。もしなにかあるとなれば、こちらもお馴染みさんを失うことになるねえ」

苦く三浦屋四郎右衛門が頬をゆがめた。

揚屋は、貸座敷であった。吉原には吉原のしきたりがあり、大夫はもちろん、その次になる格子と呼ばれる高級遊女を抱こうと思えば、揚屋へ呼ばなければならなかった。

揚屋は客と遊女の出会いの場であり、宴席の座敷であり、閨であった。

言うまでもないが、揚屋には金がかかる。貸座敷としての部屋代の他に、夜具の損耗代、宴席の食事代の立て替え手数料など、一日でかなりの金額になる。とてもその日暮らしに近い、職人や商家の手代くらいでは揚屋に遊女を呼ぶことはできなかった。

つまり、揚屋から遊女を呼ぶ客は、かなりのお得意であった。

「他にうちのお馴染みさんで、急に来なくなった人はいないかい」

揚屋は遊女を抱えていない。三浦屋だとか、西田屋、卍屋などから遊女を貸し出す形になる。もちろん、揚屋へ呼ばれるほどの遊女となると、一夜で複数の客を取る回しと呼ばれるまねはしない。一夜買い切りとなり、揚げ代も大きい。

揚屋の失敗で馴染み客を失うのは、たまったものではなかった。

「他の忘八に訊いてみやすか」

「それはしなくていい」

相生屋との話を他の忘八に知らせる意味はない。どの客とわだかまりがあるなど忘八に教えて対応が悪くなっては、客との仲は修復できなくなるからだ。

「なにか気になることでもございましたか、あの女に」

そこまで言われれば、誰でも気づく。桶次郎の目つきが鋭いものになった。

「今というのだがね、一応、うちで預かることにした」

「たしかにすこぶるつきの女でございますね。さすがは旦那だ」

三浦屋四郎右衛門の目利きを桶次郎は称賛した。

「それがね、金が欲しいわけじゃないらしい。毎日でも男に抱かれたいのだそうだ」

「へえ。珍しいですな。まあ、いないわけじゃございませんが」

桶次郎が少しだけ目を大きくした。

吉原の遊女のほとんどは、親の借金や一族の尻拭いで売られてくる。秋に遊女が増えるのは、年貢を払えるだけの米が穫れなかったせいである。

しかし、なかには閨ごとが好きすぎるという女がたまにいた。

だからといって、住んでいる近所で派手なまねをすると、ふしだらな女の係留だとして親兄弟にも迷惑がかかってしまう。町内という狭いつきあいのなかでは、どれだけ隠そうともいずれ知れるのだ。

「あいつは俺の女だ」

「いいや、おいらのものだ」

そうなればもう町内にいられないし、まともに嫁ぐことはできなくなる。妹でもいた日には悲惨なことになる。

「姉があれだからなあ、妹も……」

そうやって蔑《さげす》まれるだけならまだいいが、

「おめえも男好きなんだろう」

下手すれば物陰へ引っ張りこまれることにもなりかねない。

だから、我慢できないといった女が吉原へ自らを売りこむのだ。吉原は岡場所と違い、やくざなどの手は入らないし、客層もまちがいない。かなり見世に搾取されるとはいえ、お金をもらって好きなことが楽しめる。そのうえ、いつでも辞められる。

まさに好条件といえた。

「いつものように身体を検めたんだよ。墨でも入っていては困るし、なによりへんな傷や病持ちではねえ」

吉原も客商売である。そして、客のなかには、江戸を代表する豪商や、大名家の実権を握る用人などの実力者もいる。そのあたりに迷惑をかけたら、いかに吉原一の大見世三浦屋四郎右衛門とはいえ、無事ではすまなかった。

「……………」

無言で桶次郎がその先を待った。

「下の毛がね、長かったんだよ」

三浦屋四郎右衛門が桶次郎を見た。

「そいつはおかしゅうござんすね」

桶次郎も目つきを変えた。

「閨ごとを重ねると、互いの身体で擦れて、毛が短くなる。うちの遊女のように、怪我と病を避けるために、手入れしてなくしてしまうのは、なかなか素人さんには難しいがね。遊女にまでなろうというほど男好きにしては……」

最後まで三浦屋四郎右衛門は言わなかったが、その表情は険しいものであった。

「一人忘八を張りつけやしょうか」

「そうしてくれ。三浦屋でおかしなことがあっては困るからね」

吉原一の大見世としての名前をなんとしてでも守らなければならないと三浦屋四郎右衛門が言った。

「わかりやした」

桶次郎が、一礼して出ていった。

三

牧野大隅守のもとへ、南町奉行所筆頭与力一柳左太夫が伺候《しこう》した。

「少し、お話が」

「なんじゃ」

一柳左太夫の求めを牧野大隅守が許した。

「隠密廻りの岩田助右衛門でございますが、このたび隠居いたすことになりましてございまする」

「なんだとっ」

一柳左太夫の発言に牧野大隅守が驚愕した。

「余にはなんの報告もなかったぞ」

隠密廻り同心は、町奉行が選び、その直属の部下にする。隠密廻り同心だけは、与力の支配下になく、なにをしているかさえわからない。

「昨日、隠居届を出しました。不備もなく、本日朝、年番方での処理を終えましてございまする」

「なにを勝手なまねをしておる。隠密廻り同心は、町奉行直属である。その進退には、町奉行の許可が要るはずじゃ」

「隠密廻り同心という役儀にかんしましては、お奉行さまのお言葉どおりでございますが、町奉行所同心という身分におきましては、別になりまする」

牧野大隅守の苦情に、一柳左太夫が首を左右に振った。

「呼び出せ、岩田を。ここへ連れて参れ」

「すでに隠居いたしましたので、それを命じることはできませぬ」

隠居というのは武家にとって大きい。現役であったときには許されなかった外泊や泊まりがけの旅行も届けることなくできる。細かいところでは、月代や髭を剃らなくてもよくなり、どこに住居を移そうとも構わず、届け出も不要であった。

「呼べと申しておる。これは命令じゃ」

「岩田に従う理由はございませぬが」

大声を出した牧野大隅守に、一柳左太夫が忠告した。

「余に逆らうな」

「わかりましてございまする。呼びに行って参りまする」

激昂《げっこう》する牧野大隅守に一柳左太夫がしかたないと了承した。

「……なにがあった」

牧野大隅守が一人になって思案し始めた。

「無宿者狩りは成功のうちに終わった」

目付から称賛され、老中の評価も高い。多少、周囲への気遣いが不足していたため、本家の寺社奉行牧野備中守から叱られはしたが、それも強いものではなかった。

無宿者狩りを任せた岩田もうまく動いていた。少なくとも最後の報告があった一昨日の夜までは、すべて許容の範囲であった。

それが、一転した。

「曲淵甲斐守か」

牧野大隅守に思いあたるのは、ただ一人であった。

「じゃが、北町は今月非番である」

非番だからといって、なにもしないわけではない。北町奉行所と南町奉行所は、その管轄を大川によって区切っている。急激な江戸の町の繁栄もあり、厳密なものではなくなっているが、非番のときはあまり目立つまねをしない。

「しくじったか、岩田め。それで余に叱られるのが怖さに、隠居届を出したな」

牧野大隅守が推測した。

「隠居するならばすればいい。なれど、やりかけたことへの報告はさせねばならぬ。でなくば、次の一手が打てぬ」

城中の噂を役人は気にしている。

次に誰が老中になるかとか、今、御用部屋はどのような政策を執ろうとしているのかとか、出世を望む役人にとって、なんとしても知りたい話である。それを城中のどこにでも、若年寄でさえ入れない老中の御用部屋にも入れるお城坊主は摑んでいるのだ。

牧野大隅守もお城坊主の何人かに屋敷への出入りを許し、節季ごとに金を与えることで飼っていた。

そのお城坊主から、曲淵甲斐守が田沼意次の呼び出しを受け、密談をしていたとの情報が届いていた。

「町奉行本来の役目で、南町奉行牧野大隅守ここにありと示せたのはよいが……」

無宿者狩りは好評でもあり、不評でもあった。一般の庶民からは、ろくでもない無宿者を片付けてくれたと喜ばれてはいるが、商店からは人の行き来が阻害されたとの不満が出た。

功罪は裏表のものであるため、悪評を無視して、よい結果を強調するのが、役人として正しい。牧野大隅守もそうしてきたつもりだったが、それを評価すべきところに届いていなければ意味がなかった。

「まちがいなく、甲斐守が呼ばれたのは無宿者狩りのことだろう」

曲淵甲斐守にとって宿敵牧野大隅守の高評価は、決して見過ごせるものではない。かならず、なにかしらの対抗手段を執ってくるはずであった。

「問題は田沼主殿頭さまからのお呼び出しだというところだ」

幕府はまちがいなく田沼意次の意向で動いている。老中のすべてが、牧野大隅守のことを称賛したとしても、田沼意次一人が貶せばそれで決まる。

「もう少し調べられぬものか」

お城坊主の報告には、田沼意次と曲淵甲斐守がなにを話していたかまでは含まれていなかった。

「お奉行さま」

悩んでいる牧野大隅守のもとへ一柳左太夫が戻ってきた。

「……岩田は」

一柳左太夫の後ろに人影がないことを牧野大隅守が指摘した。

「留守をしておりました」

「いなかっただと。居留守ではなかろうな」

淡々と伝える一柳左太夫に、牧野大隅守が確認した。

「屋敷まで入り、調べて参りました」

抜かりはないと一柳左太夫が答えた。

「どこへ行ったのだ」

「家族の者の話によりますと、長年の疲れを癒すとして、箱根へ向かったとか」

「ただちに追いかけて、捕らえよ」

「どのような名目で」

「……なんでもよい」

罪状はどうすると訊いた一柳左太夫に、牧野大隅守が手を振った。

「そうは参りませぬ。岩田が素直に同道すればよろしいが、もし、逆らえば取り押さえることになりまする。江戸のなかなればまだなんとかなりましょうが、大木戸をこえられてしまえば、品川は関東郡代さまの支配地。捕り物をするには、話を通さなければなりませぬ」

一柳左太夫が牧野大隅守を止めた。

江戸町奉行所は江戸の町のなかを管轄するが、それ以外の地に出張することもあった。それは江戸で罪を犯した者が、地方に潜んでいるとわかったとき、あるいは手配をかけていた者が管轄外で捕まったときの引き取りなどである。言うまでもないが、江戸町奉行の力が及ばないところへの出張には、相手方の了承が要る。

また、急に江戸から逃げ出したのを追うとかで管轄をこえたときは、すみやかに報せなければならなかった。

当然、どちらにしても、己の管轄を侵されることには違いない。代官などは、どういう罪での捕縛かを真っ先に問う。

「そのあたりは、任せる」

「無茶を言われる」

一柳左太夫がため息を吐いた。

「縄張りをこえるときは、町奉行さまの一筆か、あるいは直接のお声がけが要ります る」


管轄へ侵入するというのは、大きな問題である。それを筆頭とはいえ、目見えさえできない与力ができるはずもなかった。

「…………」

牧野大隅守が黙った。

「そうじゃ、この二日ほど、なにかなかったか」

岩田が動いたならば、なにかしらの事件が起こっているはずだと、牧野大隅守が思い出した。

「はて、お奉行さまにご報告申しあげるほどのことはなかったかと」

一柳左太夫が首をかしげた。

「日本橋あたりはどうであった」

「なにも聞いてはおりませぬ」

具体的な地名を出した牧野大隅守に、一柳左太夫が否定を繰り返した。

「日本橋でなにか起こるのでございますか」

逆に一柳左太夫が牧野大隅守へ尋ねた。

「なんでもない。わかった。もうよい」

これ以上、こだわるのは一柳左太夫に余計な疑念を抱かせることになる。牧野大隅守が一柳左太夫を下がらせた。

「わけがわからぬ」

まちがいなく牧野大隅守に不利な状況になっている。だが、それの正体がわからない。

牧野大隅守が不安そうに呟いた。

桶次郎の訪問は翌朝、というより昼近くになってからであった。

昼夜営業を許されるようになった吉原には泊まりをする客も多く、その客を送り出して、座敷などの清掃をすませるのに結構手間がかかる。

いかに三浦屋四郎右衛門の要請とはいえ、稼ぎどきに他の見世へ押しかけるのは、褒められたことではなかった。

「おはようございまする」

「おや、三浦屋の桶次郎さんじゃないか。なにか面倒ごとかい」

面会を求めて来た桶次郎に相生屋が首をかしげた。

「ちょっとお伺いしたいことがございやして……」

桶次郎が事情を語った。

「…………」

聞き終わっても相生屋は沈黙していた。

「相生屋の旦那さん」

桶次郎が返答を求めた。

「牧野さまのご用人の白川さまだろうねえ」

「やはり……」

相生屋の口から出た名前に、桶次郎が反応した。

「お見えではないねえ」

相生屋が首を横に振った。

「こちらとしては十分警戒していたんだけどねえ。まさか三浦屋さんにご迷惑をおかけすることになるとは、申しわけないことで」

「他にはございませんか」

「代金の未払いくらいですよ」

確かめた桶次郎に相生屋が首を横に振った。

「どういたしましょう」

相生屋が対応の方法を尋ねた。

「いえ、それがわかれば大丈夫でございまする。三浦屋を甘く見た女の仕置きは、こちらでやりますので」

桶次郎が手を左右に振った。

「白川さまがお見えになったときは」

「いつもどおりでお願いをいたしまする。こちらもわからないようにあさひさんには、なにも知らせません」

おそらくこれを企んだであろう白川は、かならず様子を見に吉原へ来る。そのときの対応を相生屋が問い、桶次郎が答えた。

「では、お邪魔をいたしました」

桶次郎が相生屋を出た。

「お話を伺って参りました」

「ご苦労さんだったね」

戻ってきた桶次郎を三浦屋四郎右衛門がねぎらった。

「……ということではないかと」

「やっぱりか。白川さまも愚かだねえ。吉原に女で戦いを挑むなんぞ」

聞き終えた三浦屋四郎右衛門が苦笑した。

「白川さまをこのまま今までどおりとはいきません。吉原のなかへ世間のもめ事を持ちこんでこられるというのは」

三浦屋四郎右衛門の眉間にしわが寄った。

「吉原の大門内は、世間とは別。ここでは世間の身分も通じません。誰もが女を欲しがる男になる。貴賤はない。世間で不倶戴天の敵とされていても、ここでは共に盃を交わす。それが吉原の決まり」

「へい」

桶次郎もうなずいた。

「その吉原の有り様を、白川さまは汚した。これは許されざることです」

「…………」

どう三浦屋四郎右衛門が判断を下すかを、じっと桶次郎が見つめた。

「白川さまには、吉原へのお出入りを遠慮していただきましょう」

「早速、使いを」

出入り禁止の通達を出すと桶次郎が腰を浮かせた。

「お待ちなさい」

三浦屋四郎右衛門が桶次郎を止めた。

「白川さまには、なにをしたかよくわかっていただいたうえで、御縁を切らせていただきますよ」

「では……」

「来ていただきます」

尋ねた桶次郎に三浦屋四郎右衛門が告げた。

「白川さまの敵娼は、あさひさんだったね。なら、あさひさんに、手紙を書いてもらいましょう。お出でくださいとね」

三浦屋四郎右衛門が指示を出した。

吉原の遊女は客がつかないと借財は減らないどころか増える。基本、客がつかない日でも揚げ代はかかり、それは本人負担になる。

そこに行事が重なる。正月、節句、衣替え、納涼、月見など、年に数十をこえる行事があり、その日は祝儀と称して、遊女の揚げ代が倍になる。こんな日にお茶を挽いたら、借財が増え年季明けなど夢のまた夢になってしまう。

それを防ぐために遊女は、こまめに馴染み客へ手紙を出した。せつせつとした恋心を綴《つづ》り、客に足を吉原へ向けさせる。応じる応じないは客の勝手だが、あまり手紙を無視していると、次に顔を出したとき、閨ごとを拒まれる。

客と遊女を夫婦と見なすだけに、遊女には閨ごとを断ることができた。当然、なにもできなくても一日分の揚げ代は払わなければならないし、文句を付けるのは野暮として嫌われる。遊女の拗ねた態度も可愛いと受け入れられるだけの度量を見せなければいけないのだ。

こんな馬鹿な応対をされてはたまらないため、手紙が来れば客は日をおかずに顔を出した。

「あの女はどうしやす」

桶次郎が今のことを訊いた。

「わたくしに考えがある。しばらくは普通どおりにね」

「へい」

三浦屋四郎右衛門が桶次郎に命じた。

「舐めたまねをしてくれるじゃねえか」

桶次郎がいなくなった途端、三浦屋四郎右衛門の顔が人当たりのよいものから、一気に厳しいものへと変化した。

「己の失敗の憂さ晴らしを吉原にぶつけようとはな。ふん、吉原は苦界だ。その苦界に手を出して無事ですむと思うなよ」

口の端を三浦屋四郎右衛門が吊り上げた。

四

　播磨屋騒動をなんとか無事にこなした亭だったが、すぐに頭を抱えることになった。

「このまま泣き寝入りする気か」

「やられたらやり返す。それが当然のことだ」

　岩田の裏事情を亨から聞いた、志村と池端が切れたのだ。

「町奉行は、民を守るものであろうが。それが商家の名前を貶め、さらに主の命を狙わせるなど、論外だ」

　普段は冷静な池端が、とくに怒りを露わにしていた。

　用心棒は、店と人を守るのが仕事である。といったところで限界もある。それこそ何十人という配下を連れた盗賊に襲われては、勝ち目はない。とはいえ、逃げ出すことはできなかった。逃げ出すような用心棒を、誰も雇ってくれはしない。そうなった浪人の末路は悲惨になる。飢えて死ぬか、闇へ墜ちて、いずれ首を討たれるかとなってしまう。

だからといって無謀に斬りこんだところで、多勢に無勢、死ぬだけであり、用心棒がいなくなれば、店の者もやられる。

こういうときは、時間稼ぎをするのだ。店の大戸、水桶、油壺など、あらゆるものを駆使して、盗賊らの足留めをし、町奉行所の到着を待つ。

どれほど凶悪で腕に覚えのある盗賊でも、町奉行所を相手に大立ち回りなどせず、それこそ蜘蛛の子を散らすように逃げ出していく。

そうなれば、用心棒は役目を果たしたことになる。その用心棒、最後の砦ともいうべき町奉行所が、播磨屋伊右衛門を狙った。

「南町奉行所の与力、同心はかかわりなかった。あの岩田とかいう隠密廻り同心が牧野大隅守の指図で動いただけだ」

亨は今にも呉服橋御門内に打ちこみをかけそうな池端と志村を、必死で宥めた。

「なに考えてんねん」

咲江も怒っていた。

「大坂町奉行所は金で、傾くことはあるけどな、町屋に手出しはせえへんで」

「金で傾くのはどうかと思うぞ」

　憤慨する咲江に亨が苦笑した。

「とにかく、落ち着け」

　亨がもう一度、一人増えて三人になった怒りを抑えた。

「播磨屋どの」

　一人沈黙している播磨屋伊右衛門に、亨は助けを求めた。

　播磨屋伊右衛門は咲江の祖父代わりであり、池端と志村の雇い主でもある。播磨屋伊右衛門が言えば、この三人は逆らえない。

「気に入りませんな」

　播磨屋伊右衛門も頭に血を昇らせていた。

「…………」

　亨は脱力するしかなかった。

「あの岩田とかいう同心は、相応の報いを受けたようなので、よろしゅうございましょう」

　一度播磨屋伊右衛門が言葉を切った。

「ですが、牧野大隅守は許せませんな。江戸の民の守護者が無宿者を使って商家を襲うなど……」

南町奉行から播磨屋伊右衛門が敬称を取った。

「播磨屋どの」

亨が制止の声をあげた。

「……城見さま」

播磨屋伊右衛門が亨を見つめた。

「ご安心を。無茶はいたしませんよ。わたくしには守らなければならない播磨屋の暖簾がございまする」

「……そうでござる」

言った播磨屋伊右衛門に、亨が同意した。

「お得意さま、そして奉公人。これらすべてを捨てることはできませぬ」

「まったくでござる」

播磨屋伊右衛門の言葉に亨が首肯した。

「ですが、わたくしにも意地というものがございまする」

「……播磨屋どの」

続けた播磨屋伊右衛門に亨が絶句した。

「南町奉行牧野大隅守に、思い知らせてやろうと思いまする」

「………」

播磨屋伊右衛門の顔に浮かんだ決意に、亨は黙った。

「ご不安でございますか」

亨の表情に怯えを見て取ったのか、播磨屋伊右衛門が頰を緩めた。

「いくらわたくしでも、直接牧野大隅守に手出しはいたしません。それをすれば、曲淵甲斐守さまに捕まりましょう。甲斐守さまは厳しいお方でございますからな」

播磨屋伊右衛門が述べた。

北町奉行で亨の主君である曲淵甲斐守は、出世を重ねていつかは武田家に曲淵ありといわれた戦国のころの栄光をふたたびと考えている。言いかたを変えれば、俗物であるが、そのじつは規範にうるさい旗本のなかの旗本であった。

その曲淵甲斐守が、やられたことへの報復だとしても、商人が旗本へ手出しをするのを認めるはずはなかった。たとえそれが、手を組んでいる播磨屋伊右衛門であっても、許さず捕まえる。

「たしかに」

亨も同意した。

「ですから、牧野大隅守へ直接は手出しいたしませぬ」

「……どうすると」

播磨屋伊右衛門の意図がわからなくなった亨が訊いた。

「手足をもぎまする」

「えっ」

播磨屋伊右衛門の言葉に亨は間抜けな応答をしてしまった。

「城見さま、わたくしの弱みとはなんだと思われまする」

「播磨屋どのの弱み……」

問われて亨は、咲江を見た。

「違う、違う」

咲江がうれしそうな顔をしながらも、首を左右に振って否定した。

「わたしは、もう大叔父はんやのうて、城見はんの弱みになってん」

正式に婚約をした段階で、その立ち位置が変わったと咲江が口にした。

「……たしかに」

亨も認めた。

今までの咲江は、大坂西町奉行所同心西二之介《にのすけ》の娘で日本橋の豪商播磨屋伊右衛門の縁者であった。それが亨と婚約することで、幕府旗本曲淵甲斐守の家臣城見家の嫡男の許嫁になった。もし、今、咲江に手出しをすれば、曲淵甲斐守を敵にすることになる。

「わたくしの弱みとは、店の奉公人でございますよ。大店の主でございと偉ぶっていたところで、なにもできません。大きな取引か、新しい取引で、顔見せのために出てくるだけで、わたくしの用はすみまする。どこにどれだけの注文があり、売掛金がいくらで、納品はいつなど、わたくしにはわかりませぬ。いわば、わたくしは店の顔。そして頭が番頭、手足がその他の奉公人たち。牧野大隅守の手足は……」

「なるほど。牧野大隅守の手足は、用人」

「白川でしたか」

納得した亨に播磨屋伊右衛門の顔つきが険しいものになった。

「岩田がそう言っていたな」

亨は首肯した。

「用人がいなくなるか、あるいは切り捨てざるを得なくなるか、そうなった旗本というのは厳しゅうございますよ」

播磨屋伊右衛門がおもしろそうに言った。

すでに経済の実権が商人のものとなって久しい。武家は禄高というなかなか増えない収入しかなく、上がり続ける物価に四苦八苦している。そんな武家の内証を預かっているのが用人であった。

本来、用人とは大名における家老にあたる重職で、代々の譜代、信頼のおける家臣でなければならなかった。とはいえ、代々の譜代で信頼できる家臣が、有能とはかぎらない。武家はなにもしなくても親が引退すれば、家督を継げる。つまり、能力がなくても代を継いでいくことができる。だが、時代がそれを許さなくなった。

今の用人には、経済の観念が、算術の素養が、値段などの交渉をするだけの知識が、求められている。その結果、流れの用人という者が登場した。

一年、何両という金で雇われ、用人としての業務をこなすのである。これは旗本にも利点があった。あらたな家臣を抱えこまなくてもすむのだ。有能だからといって召し抱えると、家督相続をさせなければならなくなり、いつか譜代と同じになってしまう。その点からしても、気に入らなければ、実績をあげなければ、いつでも放逐できる流れの用人は便利であった。

対して欠点は、忠誠心がまったく期待できないということであった。決まった給金だけで、いつ辞めさせられるかわからない流れの用人に、主家への愛着など、端からない。

どころか奉公の途中でも、より高い給金を提示するところがあれば、あっさりと移ってしまう。

流れの用人は有能であればあるほど、給金をたくさん出さねばならず、いついなくなるかわからない面倒なものであった。

だからか、家中で用人としての業務をこなせる者が出れば、大きく重用される。引き抜きの心配も、横領の懸念もなく、内証を回してくれるのだ。

町奉行や勘定奉行、いや、少なくとも遠国奉行に就任できた旗本は、家中の者が用人をしていると断言できる。

用人に不安のある旗本が、出世だけに気を遣うことなどできなかった。

「白川というのは、牧野家の譜代か」

「でございましょうな。吉原の馴染みのようでございますし」

亭の確認に播磨屋伊右衛門が答えた。

吉原で馴染みになるには、相当な手間が要った。まず、遊女屋へ紹介が要る。見世の格子窓に並んで、客を待っているようなちょんの間女郎や、二分女郎などの下級遊女の場合は別だ。気に入った遊女がいれば、その見世に入って指名すればいい。一夜限りにするか、あとあとまで気に入って通うかは、閨を共にしてから決めればすむ。

しかし、揚屋へ呼ぶ大夫や格子といった一夜の逢い引きに何両とか、十何両とかかるような高級な遊女となると話は変わる。

吉原では、遊女と客を夫婦になぞらえる。世間の婚姻と同じ手順を踏ませた。

まず、仲人となる遊女屋を選定する。いきなり訪れて、客になりたいと言っても三浦屋、西田屋のような名のある見世では相手にしてくれない。きっちりとした紹介者があって初めて、見世への出入りが認められる。

次が見合いであった。見世が客の希望に添って遊女を選び、顔合わせをする。もちろん、金を出すのは客なので、気に入らなければ別の遊女と替えてもらうことはできる。ちなみにこのとき、遊女は客の顔を見ず、口もきかない。

気に入れば、次は裏返しと呼ばれる二度目の顔合わせになる。これは世間でいう婚姻前の逢い引きのようなもので、しゃべりもするし、正面から顔を見せてもくれる。二回目はここまでで、夜具の出番はない。

そして三度目、ようやく床入り、初夜になった。

遊郭に来ていながら、三度目までは抱くことを許されない。そのうえ、なにもできなかった二日分の揚げ代は払わされる。

こうして専用の浴衣、湯飲み、茶碗、箸などが作られ、夫婦扱いされる代わり、客は他の遊女を抱けなくなった。

吉原で馴染みといわれ、揚屋に行けるようになるには、これだけの手間と金がかかる。

流れの用人としてかなりの収入を得ていても、いつ仕事がなくなるかわからない身であれば、吉原が相手にしない。なにせ、夫婦関係を謳《うた》いながら、金の遣り取りをしていれば雰囲気を壊してしまう。代金はすべて付けとなり、節季ごとの支払いとなるだけに、明日どこへ勤めを変えるかわからない流れの用人では、まともな遊女屋、揚屋の馴染み客にはなれなかった。

とはいえ、もとはどこかの用人だったのが口減らしに遭って浪人したという者もいるので、吉原の馴染み客というのは、大きな手がかりがあってもそれだけで確定するのは、まずかった。

「確認はおいらがしよう」

志村が名乗り出た。

「相生屋で訊けばいいだろう。ああ、心配するな、一人で行く。城見を同伴させるようなまねはせぬ」

一瞬、なにか言いたそうになった咲江の先回りを志村がした。

「もう……」

咲江が口を尖らせた。

「殺しはしませぬ。命を奪わず、世間から消し去ってくれましょう。力なき者と笑われる商人の怖ろしさを牧野大隅守に思い知らせてくれましょう」

播磨屋伊右衛門が宣した。

第五章　流転の禍福

一

無宿者狩りは諸刃の剣であった。

牧野大隅守こそ町奉行にふさわしいと称賛する者と、町奉行の仕事は罪人捕縛だけではなく、幕府の政策に江戸の町を従わせることこそ重要であると、その見識を疑う者が出た。

もともと、人の評価というものは、二分して当然である。

それこそ、顔の好き嫌いから、先祖の遺恨をまだ引きずっている者などもいる。

褒める者が一人いれば、誹《そし》る者は十人いる。

幕府の役人として出世している者は、皆、その評価を利用し、悪評に耐えて、今の地位に上った。

無宿者狩りもそうやって、いつか牧野大隅守の利となっていくはずであった。

「町奉行として、無宿者を捕まえたていどで満足されては、困るの」

田沼意次の一言が、それを断った。

「町奉行として、咎人を捕まえるのは当たり前のことである。北町奉行曲淵甲斐守も江戸の治安を揺るがしていた無頼を、それも刺客を生業とするような非道な輩を捕まえておる。牧野大隅守のしたことが褒賞に値するならば、まず甲斐守から始めねばなるまい」

たしかに曲淵甲斐守はその排除を狙う筆頭与力竹林一栄の雇い入れた無頼陰蔵《かげぞう》とその配下を壊滅に追いこんでいた。だが、端緒が端緒だけに、大きく自慢するわけにはいかず、詳細を省いた報告だけですませていた。

「町奉行としての役目でございまする。咎人は捕まえて当然。誇れることではありませぬ」

曲淵甲斐守が田沼意次の言葉を受けて、謙遜してみせたことも、牧野大隅守を追い打った。

「…………」

牧野大隅守は、ふたたび背中を丸めることになった。

「このままでは、町奉行の職から降ろされるやも知れぬ」

勘定奉行から町奉行へと、有能な旗本の典型ともいえる立身をしてきた牧野大隅守である。さすがに町奉行を解かれても、いきなり寄合や小普請《こぶしん》といった無役にされることはまずない。

旗奉行や甲府勤番支配などの町奉行とほぼ同格か、やや低いくらいの役目へ転じ、その後隠居を命じられるという形を取る。

「これ以上の失態はまずい」

牧野大隅守は、嵐が収まるのを待つことにした。

「新しい隠密廻りはいかがいたしましょう」

江戸城から下城してきた牧野大隅守に、南町奉行所筆頭与力の一柳左太夫が問うた。

「岩田の後釜か……要らぬ」

牧野大隅守が隠密廻り同心は不要だと告げた。

「そうは参りませぬ。慣例に反しまする」

役目が一つ減る。これは役人として見過ごせない。

一柳左太夫が、拒んだ。

「役にも立たぬ腑抜けを……また作れと申すか」

隠密廻り同心の岩田が、牧野大隅守に報告もなく隠居し、そのまま江戸を離れた理由を牧野大隅守は理解していた。岩田に任せた仕事、曲淵甲斐守の勢力を削ぐために協力者である播磨屋伊右衛門を排除しろとの命令に失敗したのだ。そして、岩田はそのとき正体を播磨屋伊右衛門に摑まれてしまった。

日本橋の豪商を敵に回した町方同心がどれだけみじめになるか、そのようなもの八丁堀に住む者ならば幼児でさえ知っている。

「合力いたしかねまする」

江戸中の商家が岩田を抑えきれなかった南町奉行所を見限る。そうなれば、南町の町方役人は本禄だけで生活しなければならなくなる。

「十手をお返しいたしやす」

そうなれば、配下の面倒も見られなくなる。いや、もともと見てはいないが、南町から十手をもらっているというだけで、商家から出入りを拒まれる。いうまでもなく、御用聞きもやっていけなくなる。

岩田がさっさと逃げ出したのも当然であった。

「やはり要らぬ」

「お選びを」

隠密廻り同心は、町奉行が任じるのが決まりであった。

嫌そうな顔をする牧野大隅守に一柳左太夫が要求した。

「そちらで決めていい」

町奉行だけに、町奉行所の慣例を破るわけにはいかなかった。隠密廻り同心もまた利権の一つである。その利権を取りあげるようなまねは、町奉行所に属する者たちの反発を買う。

「では、そのように」

希望する答えをもらった一柳左太夫が、牧野大隅守の前から下がろうとした。

「ああ、待て」

腰をあげかけた一柳左太夫を牧野大隅守が制した。

「なにか」

中腰で対応するわけにはいかない。一柳左太夫がもう一度腰をおろした。

「しばらくは、なにもするな」

「仰せの意味がわかりませぬが」

牧野大隅守の言葉に、一柳左太夫が首をかしげた。

「手柄を立てるなと申しておる」

「無茶を言われる。町奉行所が手柄を立てずば、江戸の町は荒れまするぞ」

一柳左太夫があきれた。

「北町にやらせろ」

「……北町に手柄を譲れと」

牧野大隅守の指示に、一柳左太夫が唖然とした。

「そうじゃ。北町に手柄を立てさせよ。せいぜい、評判が高くなるようにな」

「なりませぬ」

一柳左太夫が牧野大隅守の指図を拒絶した。

「奉行の命令を聞けぬと」

「聞けませぬ。我らにも町方役人としての誇りがございまする」

牧野大隅守に一柳左太夫が逆らった。

「そなたらの誇りなぞ、どうでもよい。余の言うとおりにいたせ」

「御免、話になりませぬ」

もう一度命じた牧野大隅守を残して一柳左太夫が立ち去った。

「待て、待たぬか」

牧野大隅守の制止も一柳左太夫は無視した。

「一柳どの」

町奉行役宅を出ようとしたところで、内与力兼用人の白川が立ち塞がった。

「お奉行がお呼びである」

「お断りする」

白川を一柳左太夫が手で押しのけた。

「よいのか。筆頭与力の職を解かれるぞ」

「好きにするがいい。町方役人の矜持を失うより、はるかにましじゃ」

脅す白川を一柳左太夫が睨みつけた。

「うっ……」

その迫力に白川が一歩引いた。

「もし、商家から盗人に入られたと月番である南町に報せが来たとき、誰も出さなければどうなりまする」

「人を出すなとは申しておられぬ。ただ、捕まえず、北町に月番が回るまで待てと」

「ふざけたことを。そんなまねをしたと知られてみよ、商家から南町への信用はなくなるわ」

述べる白川に、一柳左太夫が口調を変えて告げた。

「それでよいとお奉行さまは……」

「うるさい」

「ぶ、無礼であろう」

黙れと言われた白川が怒った。

「信用を失った南町奉行所はどうなる。お奉行はいい。いずれ、町奉行ではなくなるからな。だが、我らは百年先も町方なのだぞ。お奉行が代わって、ようやくまともに働けるとなったとき、誰が協力をしてくれる」

「そんなことは知らぬ」

白川は牧野大隅守の家臣である。主君さえ無事であれば、町奉行所がどうなればいいかなどどうでもいいことであった。

「陪臣風情がよくぞ言った……ならば我らも知らぬ。職を解きたければ解け」

一柳左太夫は、白川を置いて町奉行所へと戻っていった。

「生意気な……」

白川が憎しみを籠《こ》めた目で、一柳左太夫の背中を見た。

「播磨屋といい、吉原といい、岩田といい、一柳といい……主をなんだと思っておる」

腹立たしさのまま、白川が吐き捨てた。

用人を兼務している白川は、途中で町奉行所を離れ、牧野大隅守の屋敷へ顔を出し、家政を見なければならない。

「どうだ」

屋敷に帰った白川は、その足で勘定役の部屋へ顔を出した。

「会津屋から、ご挨拶だと八両届きましてございまする」

勘定役が応じた。

「今日もか。なによりだな」

白川が喜んだ。

「殿が無宿者狩りをなされて以来、大店からの挨拶が続き、助かっておりまする」

同じように勘定役が安堵した。

「まったく、無宿者狩りさまさまじゃな」

「はい」

二人が顔を見合わせて笑った。

無宿者は大きな商家をよく狙った。

「水をかけやがったな」

小僧の打ち水にわざと身をさらしたり、

「てめえのところの商品で恥を掻《か》いた」

買ってもいないのに大声で難癖を付け、ことを荒立てたくない商家が詫び金を出すように仕向けたり、

「わあああ」

いきなり暴れこんできて、奉公人が怯んでいる隙に金箱を持ち逃げしたりする。

それが無宿者狩りのおかげでなくなった。その礼と、今後もときどき無宿者狩りをやってくれとの願いを兼ねた挨拶に、商家が牧野大隅守の屋敷を訪れるようになった。

当たり前だが、手ぶらで幕府役人でもある旗本のもとへ来ることはない。店の規模やどれほどの被害に遭っていたかで変わるが、数両から数十両の金を土産として持ってくる。

出世のために金を遣った牧野大隅守にとって、これほどありがたい話はなかった。

「殿にお願いして、ときどき無宿者狩りをおこなっていただくよう、白川さまからもお話をしていただけませぬか」

借財のある旗本の勘定役の仕事など、金策しかない。

勘定役が求めたのも無理はなかった。

「それがの、無宿者狩りは今回で終わりじゃ」

「なぜでございまする」

残念だがと告げた白川に、勘定役が驚いた。

「いろいろと文句が出ての」

詳細を知らせるわけにはいかぬと、白川がごまかした。

「年に一度で結構でございます。なんとかなりませぬか。今回、届いた挨拶金だけで、合わせて百両をこえましてございまする。これがあと数年続けば……」

「ならぬのだ。殿のご評判にかかわる」

どうにかとすがる勘定役を白川が宥めた。

「……白川さま」

ちょうどそこに門番が割りこんだ。

「なんじゃ」

「これが……」

白川に問われた門番が、一通の書状を取り出した。

「儂にか」

「はい。三浦屋の法被を着た男が、白川さまへと」

確認した白川に、門番が答えた。

吉原からの手紙は、遊びだけではなく、他藩や幕府の役人を接待する留守居役の接待の打ち合わせなどのときもあった。

留守居役を単独でおけるほどの余裕のない家では、用人が代理を務めるため、白川に吉原から書状が来たとしても、奇異の目で見られることはなかった。

「……うむ」

受け取った書状を読んだ白川が少し考えた。

手紙は敵娼のあさひからのものであり、明日つごうが合えば来て欲しいとの願いが書かれていた。

「一度、今の様子を見るのもよいか」

「なにか」

白川の口から漏れた独り言に勘定役が反応した。

「なんでもない。明日、所用で吉原へ出向く」

「……畏れ入りまするが」

言った白川に、勘定役が申しわけなさそうな顔をした。

「わかっている。散財をする気はない。一両ほどで終わらせる」

「かたじけのうございまする」

馬鹿遊びはしないと口にした白川に、勘定役がほっと表情を緩めた。

「金をくれた商家とのつきあいを絶やすなよ」

「承知いたしておりまする」

商家との繋がりは、決して損にはならない。

白川の指示に勘定役がうなずいた。

二

今は客あしらいの作法、身体の手入れの仕方、吉原遊女独特の言葉遣いを教えこまれながら、客を取らされていた。

「来たてで、まだまだでございますが、身体はよろしゅうございますよ」

遊女として十分な経験を積んでいないし、売られてきたばかりの女と違って、初々しさもない。

今は、線香一本燃え尽きるまでの間いくらで買われる最下級の端遊女として、扱われていた。

「股開くだけが女じゃねえぞ。少しは気持ちよさそうにしやがれ」

「思ったより、いいな。贔屓にするぜ」

端遊女は、一夜の間に何人と客を取る。

「お腹が空いたでありんすえ」

遊女の夕餉は客のおごりだけである。客がなにも取ってくれなければ、空きっ腹で男を乗せることになる。

身体を使って食事をねだる無様さに、今は暗い気持ちを感じていた。

「美濃屋、摂津屋、四海屋などが、あたしの機嫌を取るために料理屋を借り切ったり、生きている鯛を一枚食膳に載せるため船を出させたり、長崎から南蛮人が食べているかすどおすとかいう菓子を取り寄せたり……」

まさに美味專覧の日々を今に思い出していた。

「……………」

思い出に浸っている間にも、男が今の上で腰を振っている。

「……また来るぜ」

満足した客が帰っていった。

「人別をもらうためとはいえ……これはたまらない」

裾も乱れた仰向けのままで今が呟いた。

「でも、仕方ないか。男を食いものにできるのもあと少し」

色で男を落とせるのは、若い間だけである。妾として囲われても容色が衰えたら、涙金で追い出される。そうなったら墜ちる先は、茣蓙《ござ》一枚抱えてどこでも股を開く夜鷹か、野垂れ死にしかなくなる。

裕福な家に妻として入るには、人別が必須であった。

無宿者にとって、新たな人別はまさに命をかけても欲しい宝物であり、これを逃せば二度と手に入れられない、最後の機会であった。

「しかし、いつまでもこれは御免だねえ。こんな日を続けてると、股がすり切れちまうよ。いずれ指示を出すと言っていたけどさあ、そろそろ頼みたいね」

今が白川を待ち望んだ。

「むらさきさん、ちいと」

忘八頭の桶次郎が、今の源氏名を用いて声をかけてきた。

「ちょっと待っておくれな。後始末をまだしてない」

今が、続けての客は嫌だと暗に拒んだ。

「違うよ。ててさまがお呼びだ」

桶次郎が首を横に振った。ててさまとは、遊女屋の主を指す呼称で、ここでは三浦屋四郎右衛門のことであった。

「ててさまが……」

急いで後始末を終えた今が、桶次郎に連れられて奥へ入った。

「お呼びでありんすか」

三浦屋四郎右衛門の前では、遊女らしく振る舞わなければならない。

今が吉原の廓言葉を使った。

もともとは地方から江戸へ売られてきた女の国なまりをごまかすために始められた廓言葉は、今や吉原名物の一つとなっていた。

「ああ、お客さまの相手をしてもらっている最中に悪いね」

吉原の主人は、店の主ではなく、遊女である。遊女がいるからこそ、吉原に客が来て、金を落としていってくれる。

三浦屋四郎右衛門が、まず呼び出したことを詫びた。

「とんでもないことでありんすえ」

慣れない廓言葉を使いながら、今が手を振った。

「さて、用件なんだけどね。明日にしてもよかったのだけど、いい話は早く知らせたほうがいいだろうとね」

「いい話……」

三浦屋四郎右衛門の言ったことに、今が首をかしげた。

「今さん、いや、むらさきさん、明日から一分になってもらいます」

「あたしが、いえ、あちきが一分に」

今が驚いた。

一分はその名前のとおり、一度の揚げ代が一分、銭にして一千五百文ほどかかる遊女のことで、一度股を開いて二百四十文ほどにしかならない端遊女の上になる。

そして、一分から、揚屋への出入りができるようになった。

もっとも格子や大夫のように、端から揚屋でしか逢瀬を楽しめない高級な遊女とは違い、揚屋ではなく、見世の板の間でも呼べるが、腕のいい職人一日分の稼ぎと等しいだけの金を出さなければならないだけに扱いも変わった。

「ついてはね、一分への昇格の祝いをしてもらおうと思ってね」

してもらおうでしてやろうではない。客をつけて金をむしり取ろうと三浦屋四郎右衛門は言っていた。

「祝儀ももらえるぞ」

桶次郎も今を煽《あお》った。

「……ありがたいことでありんす」

お金がもらえるとわかった今が喜色を浮かべた。

「ついてはだねえ。おまえさんのお披露目をお願いするお客さまを探さなきゃいけないんだが……任せてくれるかな」

「お願いいたすでありんす」

三浦屋四郎右衛門の求めを今は受け入れた。

「よかった。よかった。今日はもういいから、部屋へ下がって休みなさい。明日は少し早めに起きなきゃいけませんよ。身体の手入れをいつもよりていねいにね。お披露目のお客さまは大事なお方になるから、心をこめてお相手するんだよ」

「あいあい」

ほほえみながら言う三浦屋四郎右衛門に、今がしなを作って応じた。

町奉行は政に参加できる。と形の上ではなっているが、寺社奉行、勘定奉行と違って、江戸の城下にしかその権は及ばないため、そうそう出番はなかった。

「勘定奉行よ、参れ」

「訊きたいことがある。寺社奉行は黒書院溜《くろしょいんだまり》まで来るように」

政の打ち合わせでも、まず町奉行は呼び出されなかった。

「………」

奏者番、留守居、大目付、寺社奉行、町奉行、勘定奉行、普請奉行、作事奉行と八つの役職が芙蓉の間に席を与えられている。

とはいえ、勘定所で勘定衆を指揮する勘定奉行は、朝に顔を出すだけでいなくなる。奏者番や大目付も職務の関係で出たり入ったりが激しく、普請奉行、作事奉行も現場へ出向くことが多く、芙蓉の間は大きさの割りに人気《ひとけ》が少ない。

十万石の大名と同じ格を与えられる留守居は、芙蓉の間最上座にあり、寺社奉行が座を外してしまうと、ほぼ曲淵甲斐守と牧野大隅守だけといった感じになった。

相役ほどする話はない。なにせ、功績、出世で相争う仲である。

「そろそろでござるな」

この日、珍しく曲淵甲斐守から牧野大隅守へ声をかけた。

「なにがでござる」

牧野大隅守が怪訝な顔をした。

「月番交代でござる」

少しのあきれを含めた語調で、曲淵甲斐守が答えた。

「ああ、そうでござった」

ようやく牧野大隅守が理解した。

「なにか、格別申し送りをなさることはおありかの」

「……いつもと変わらぬはず」

曲淵甲斐守の確認に牧野大隅守が曖昧に告げた。

「無宿者狩りの後始末は終わられたかの」

「……あっ」

言われた牧野大隅守が小さく声をあげた。

手足であった隠密廻り同心の岩田がいなくなって以来、牧野大隅守も無宿者のことを忘れていた。

「貴殿がなさったことでござる。捕らえた無宿者の行く末は終わらせていただかねば困りますな」

「わかっておる」

冷たい目で見る曲淵甲斐守に牧野大隅守が言い返した。

「空き屋敷のなかで飢え死にしていたなどということはないと思いまするが……もし、そのようなことがあれば、その責は月番である貴殿のものになりますな」

「言われずとも……」

嘲弄《ちょうろう》するような曲淵甲斐守に牧野大隅守が反論しかけて、口ごもった。

「まあ、わたくしが月番となるまでにかたちを整えてもらえば結構」

曲淵甲斐守が話を打ち切った。

「中座する」

「どちらへ」

立ちあがった牧野大隅守に曲淵甲斐守が問うた。

「厠《かわや》じゃ。厠」

言い捨てて牧野大隅守が、そそくさと芙蓉の間を出ていった。

「水に落ちた犬は叩かねばの」

曲淵甲斐守が小さく笑った。

「……しくじった」

芙蓉の間を出た牧野大隅守は早足で下部屋へと向かった。

無宿者狩りの欠点を牧野大隅守は失念していた。無宿者だから、すべてが罪人というわけではなく、なかには性根を入れ替えさせるため、わざと道楽息子を勘当するという場合もある。ために、無宿者狩りで捕まえた者は牢屋へ送りにくく、空き屋敷で個別の取り調べをおこなうことになっている。

当然なにも法度違反がなければ、放免し、軽い罪ならば、その場ですませて放り出す。

もちろん、重き罪ならば一度牢へ送り、もう一度取り調べを受けさせて、相応の罰を加える。

無宿者狩りがそうそうおこなわれないのは、周囲へ及ぼす影響もあるが、これらの後始末が面倒だというのも大きかった。

「白川へ、これを渡せ」

下部屋に控えている家臣に牧野大隅守は書状を渡した。

「ただちに」

焦っている主君の顔色を見れば、どれほどこの書状が重要なのかわかる。家臣が急いで下部屋を出ていった。

「まったく、嫌らしいやつめ」

下部屋には曲淵甲斐守の家臣もいる。牧野大隅守は曲淵甲斐守の名前を出さず、罵った。

三

白川は牧野大隅守の書状に絶句した。

「……忘れていた」

あわてて白川が、無宿者狩りの拠点とした空き屋敷へと足を運んだ。

「誰かおるか」

空き屋敷に着くなり、白川が大声をあげた。

「……白川さま」

御用聞きが飛んできた。

「御用で」

「薬造、いたのか」

「どうかなさいやした」

安堵の顔をした白川に、薬造が不思議そうな顔をした。

「無宿者どもはどうなった」

「どうなったと言われましても……どなたもお見えになりやせんので……」

御用聞きは与力、同心の指示がなければ、拷問はもとより尋問もやってはいけない。御用聞きはあくまでも与力、同心の個人的な雇われ人でしかなく、町奉行所とはなんの関係もないのだ。

「そのままか」

「へい」

確かめた白川に薬造がうなずいた。

「そうか」

もう一度白川が安堵の息を吐いた。

「……………」

薬造が困惑していた。

「残りの無宿者を解き放つ」

「えっ……よろしいのでございますか」

白川の指示に薬造が一層混乱した。

「月番が代わるのだ。北町に引き継がせるというのもよろしくはあるまい」

「それはそうでやしょうが……」

薬造が納得していないといった顔をした。

「このまま南町で取り調べを続けてもよろしいんでは」

月をまたいでの探索や取り調べは当たり前のようにあった。でなければ、月末に捕まえた者を調べる間もなく解き放つことになる。

「担当する者がおらぬ」

「…………」

白川の言葉に、薬造が絶句した。

「子細は問うな」

「……へい」

言われて薬造が首肯した。

「わかったな。今日中に空き屋敷から無宿者を出せ。空き屋敷番には、こちらから用がすんだと報せておく」

「承知しやした」

十手を預けてくれていた隠密廻り同心岩田がいなくなってしまった今、薬造は白川の配下という形になっている。

最初から薬造に、白川の命を拒否する力はなかった。

「頼んだ」

白川が空き屋敷を出ていった。

「親分、どうしやす」

口を出さずに聞いていた下っ引きの顔色は悪い。

「いたしかたあるめえ」

薬造が大きくため息を吐いた。

「ですが、あっしらの顔は覚えられてますぜ。いつか、あのときの恨みと……」

下っ引きが小さく震えた。

無宿者狩りに遭った連中は、まともとは言えなかった。江戸の町の闇に潜み、庶民に迷惑をかけることで生きている。そういった連中をもう一度解き放つ。それは獣を檻から出すのとなんら変わらない。

「あいつらも馬鹿じゃねえ。こっちも連中の面、覚えているんだ。なにかしでかしたら、今度こそ小伝馬町の牢屋敷送りになる。復讐なんぞ考えやしねえ」

薬造が下っ引きたちを安心させるように言った。

「でも、よろしいんで。なかには商家からの訴えで捕まえたやつもいやすが」

別の下っ引きが薬造を見た。

「……商家に注意しておけばよかろう」

己の縄張りなら、十分に見回るが、それ以外に義理はない。報せるだけで、それをどうするかは相手の勝手、と薬造は述べた。

「さあ、出すぞ。さっさと終わらせて、こんな験《げん》の悪いところからはおさらばだ」

「へい」

下っ引きは親分の言うことに逆らえない。

「一人ずつだ、いいな。一人ずつだぞ」

一気に解放して、襲いかかられてはたまったものではない。薬造は、空き屋敷に残っている無宿者に十手を向けながら、指図した。


空き屋敷番に屋敷の返却を届け出た白川は、その足で吉原へと向かった。馴染みの遊女三浦屋四郎右衛門方のあさひから呼び出されたからである。

「さて、どのような対応をしてくれるかの」

もちろん、世慣れた者でなければ務まらない用人をしているだけに、遊女が単に馴染み客に来て欲しいとねだっているなどと、浮かれてはいない。

「相生屋め」

白川は己を騙して食いものにした相生屋を許してはいなかった。

「今の様子も見られようしな」

白川が口の端をゆがめた。

敵娼ともいうべき遊女から呼び出されたときは、揚屋で待つより見世へ顔を出すのが、より喜ばれた。

「あちきのいい人でありんす」

金のかかる呼び出しに応じてくれる馴染み客がいるということで、仲間内での評価が上がるのだ。

「久しいの」

三浦屋の暖簾を白川が潜った。

「これはこれは、白川さま。ようこそのご到来で」

忘八頭の桶次郎が、もみ手をしながら出迎えた。

「あさひはおるな」

「朝から、白川さまがお出でになると、それはもう鶴よりも首を長くして、お待ち申しあげておりまする」

桶次郎が見え透いたお世辞を口にした。

「そうか。では、早速にあさひを」

「畏れ入りまするが、主人にお目通りをお許し願いたく」

桶次郎が頭を下げた。

吉原のなかの者にはててと言えば通じるが、客にはわかりにくい。三浦屋四郎右衛門が会いたがっていると桶次郎が伝えた。

「三浦屋が……いいだろう」

「ありがとうございまする。どうぞ、離れへ」

認めた白川を桶次郎が見世の奥にしつらえられた茶室へと案内した。

「お呼び立ていたしまして、申しわけもございませぬ」

茶室では三浦屋四郎右衛門が待っていた。

「いや、かまわぬ」

鷹揚にうなずいて、白川が主客の座へ着いた。

「……で、なにかの」

茶室に通された礼儀として、一服した白川が用件を問うた。

「白川さまにお願いがございまする」

三浦屋四郎右衛門がていねいに頭を下げた。

「聞いてみぬと、返事はできぬぞ」

「もちろんでございまする。お断りいただいても結構でございまする。じつは、この度端から一分に昇格する遊女が出まして」

「ほう、それはめでたいの」

端は股を開くだけでも務まるからか、向上心など薬にしたくてもできないほどない。端は生涯端で終わるのが通常で、そこから抜け出す者など年に一人いるか、いないかであった。

「そのお披露目をお願いいたしたく、あさひさんに無理を申しまして、白川さまを呼んでいただいたと」

「儂に、披露目をせよと」

「お願いいいたしまする」

もう一度三浦屋四郎右衛門が深く腰を折った。

「……三浦屋に頼まれてはいたしかたないの」

少し考えた白川が引き受けた。

格上げの衣装、祝いの宴などの経費を支払わなければならないお披露目は、金がかかる割りに利点が少なかった。せいぜい、客は一人の遊女を相手にしかできないという吉原のしきたりを、お披露目の日だけとはいえ破れるのと、三浦屋四郎右衛門に貸しを作れるということくらいしかない。

ただ、披露目をしたという実績は、遊客連中のなかで一目おかれる。留守居役を兼ねる用人としてそれは接待などで一助になった。

「ありがとう存じまする」

三浦屋四郎右衛門が礼を述べた。

「では、どうぞ、相生屋さんでお待ちを」

「うむ」

白川が茶室を出た。

「……あとは任せたよ」

「へい」

己用に茶を点て始めた三浦屋四郎右衛門に合図された桶次郎がうなずいた。

吉原一の大見世三浦屋は、大門から吉原を貫く仲見世通りに面した江戸町にある。そして揚屋の相生屋は、やはり仲見世通りに面した京町にあった。

江戸町と京町は、一丁（約百十メートル）ほどしか離れていないが、江戸と京という東海道五十三次の始まりと終わりに見立てて、このわずかな距離を大夫が傘持ちや夜具持ち、禿《かむろ》、煙管《キセル》持ちなどを引き連れて進むのを道中と称していた。

その道中の端に相生屋はあった。

「おいでなさいませ」

相生屋の前で男衆が白川を待っていた。

「三浦屋から話は聞いているな」

「はい。今朝、お披露目をとのお報せがございました」

男衆が白川の確認に応じた。

「ふん、最初から断らせるつもりはなかったな」

白川が三浦屋四郎右衛門の抜け目なさに、苦笑した。

「ようこそ、お見えくださいました」

二階の座敷へ通されたところで、相生屋が挨拶に出てきた。

「世話になる」

腹立たしさを表に出さないくらいは、用人として当然の素養である。

一礼した相生屋に白川が機嫌良く手をあげた。

「本日はお披露目だそうで。おめでとうございまする」

相生屋が白川に祝いを述べた。

「顔も見たことのない女だがの」

白川が肩をすくめてみせた。

「そなたは、知っておるか」

「見かけただけでございますが、なかなか肉付きのいい、美形でございまする。たしか、むらさききさんといわれたかと」

「むらさきか。なにやら高貴な響きだの」

相生屋の説明に、白川が笑った。

「ええい、お見えでございいいい」

そこに階下の声が響いた。

「お見えのようでございまする。では、わたくしはこれにて」

相生屋が身を退いた。

「旦那さま、よろしゅうござんすか」

遊女と楽しむ座敷である。なかでなにをしているかわからない。一人しかいないはずでも、確認を取るのが礼儀であった。

「許す」

白川が襖を開けていいと応えた。

「どうぞ、むらさきさんでございまする」

「むらさきでありんす。本日は……よろしゅうお願いするでありんすえ」

桶次郎の紹介に続いて、入ってきた遊女が一瞬口上に詰まった。

「…………」

白川も入ってきたのが今だとわかって、絶句していた。

「むらさきさん、どうしたんだい」

突っ立っている今を桶次郎が咎めた。

「あいあい」

あわててむらさきが、白川の右隣へと座った。お披露目は見世のつごうに近いため、初会は目も合わさないという決まりも崩される。

「酒と料理を出しておくれな」

桶次郎の声でお披露目という名の宴席が始まった。

「……では、これにてお披露目はつつがなく。おめでとうございまする」

半刻（約一時間）ほどで宴席は終わり、床入りになった。

「どうぞ、お袴を」

今が白川を立たせ、袴の紐に手をかけた。

「どういうことだ」

「まったくわかりませんよ」

小声で問うた白川に今が返した。

「露見したか」

「そこまで馬鹿じゃございません」

今が責任を問うた白川に反論した。

「しかし、偶然とは思えぬが……相生屋には何度か来たか」

「初めてで。ずっと端で板の間でしたから」

少しの恨みをこめて今が告げた。

「そなたほどの女が板の間だと」

白川が驚いた。

「なにも知りませんからねえ、遊女のしきたりなんぞ」

「それもそうだな」

話をしているうちに白川は褌《ふんどし》一つになっていた。

「どうぞ、こちらへ」

今が白川の手を引いて夜具の上へと連れていった。

「よいのか」

「してなきゃ、おかしいでしょう」

問うた白川に、今が苦い笑いを浮かべた。

「だな」

白川が今にのしかかった。

「……いつまでこんなまねをしていれば」

終わった後、今が問うた。

「次に相生屋へ呼ばれたとき、火を付けろ」

「……火付けなんて、とんでもない」

白川の指図に今が目を剝いた。

火付けは磔《はりつけ》のうえ火あぶりと決まっているほどの重罪である。今が怖れるのも当然であった。

「心配するな、吉原のなかは町奉行所でさえ手出しできぬ。吉原はやったもの勝ち、やられ損だ」

白川が今の耳に囁いた。

「だけど……」

「火を付けたら、その騒動に乗じて逃げ出せ。火事のときはさすがに遊女の出入りも咎められまい。後はなにも考えず儂のところへ来るがいい。儂は日本堤を降りた山谷《さんや》堀《ぼり》で待っている。新しい人別を用意してな。少し教えてやろう、相模の出で二十一歳、名前は種《たね》」

「相模のどこ……」

「それは終わってからだ」

村の名前まで知らせてしまえば、このまま逃げ出しかねない。白川が拒んだ。

「本当だね」

「ああ、ここでそなたを切り捨ててみろ。儂を売るだろう」

念を押した今に白川が一蓮托生だと言った。

「ここで火を付けちゃいけないのかい。もう、遊女のまねは御免だよ」

今がさっさと吉原から離れたいと願った。

「たわけ。そんなまねをしてみよ、儂まで巻きこまれるではないか」

「……三浦屋に火を付けるんじゃや、駄目かい」

「駄目だ。相生屋でなければならぬ」

提案した今を白川が叱った。

「吾が恨みはここにある」

「……はあ、次はいつここへ呼んでもらえるのやら」

白川の憎しみに今がため息を吐いた。

昨今、手軽な遊びを好む客が増え、わざわざ遊女を揚屋に呼んで、宴席をおこなった後で閨に入るという形式は廃《すた》れつつあった。

最盛期には数十軒を数えた揚屋も、今や二十軒を割りこんでいる。

そもそも一分遊女は、見世で客を迎えるのがほとんどであり、揚屋に呼ばれることなぞまずなかった。あったとしても二十軒近いなかから相生屋が選ばれるなど、滅多にない。

「そんなに先か」

「一年とは言わないけどね。一分女郎を揚屋に呼ぼうという酔狂な客なんぞ、いやしないよ」

「むうう」

あきらめたような今に白川が唸った。

「……待てよ」

ふと白川が思いついた。

「なにかいい案でも」

「うまくいけば、両方に痛手を与えられる」

訊いた今を無視して、白川が口をゆがめた。

「どうするんだい」

「播磨屋が数日中にそなたを相生屋に呼ぶように手配りをする。もちろん、本人は来ぬぞ。儂が偽の手配りをするわけだからな。そこで隙を見て……」

今の質問に白川が述べた。

「わかったよ」

「では、帰る」

理解した今に白川が首肯した。

「ええ、泊まっていってはくれないのかい。見世に戻ったら、また客を取らされちまうよ。痛いんだけど」

立ち去ろうとした白川に、今がすがった。

「励め」

冷たく、白川が今を突き放した。

四

揚屋には、客と遊女の心中を警戒して、座敷の様子を窺える小部屋が用意されていた。座敷から見ると床の間、あるいは袋戸棚にしか見えないが、その奥には人がようやく入れるほどの隙間があり、そこからなかの会話を聞けたり、覗けたりした。

「………」

白川が帰るのを待って、相生屋の男衆をまとめる武蔵《むさし》が隠し部屋から出た。

「旦那」

武蔵が相生屋の前に膝を突いた。

「ご苦労だったね。悪巧みは聞こえたかい」

相生屋が武蔵をねぎらってから問うた。

「へい、このようなことを……」

武蔵が聞いていた火付けの話をした。

「火を付けるだと……」

相生屋の表情が険しいものになった。

「この狭い吉原のなかで火事が起これればどうなると……」

吉原には特権なのか、それとも逆なのか、わからない幕府の決まりがあった。元吉原から今の日本堤に移転し、新吉原になったとき、周辺地の火事へ人を出さなくてもよいとの条件が付いた。

これは一見、火事の多い江戸で、危険な消火活動や避難誘導に人を出さなくていい特権のように思えるが、それは同時に周辺地から万一のときの手助けをもらえないということでもあった。

また、大門内は苦界という差別もあり、火事があっても火消しは見ているだけで、手出しをしてくれなかった。

となれば、一度せせこましい吉原で火が出れば、それは焼け落ちるまで終わらず、その被害は人を含めて膨大なものになった。

「武蔵」

「わかっておりやす。三浦屋さんへこのことをお報せしやす」

声を低くした相生屋に武蔵がうなずいた。

「どうやってくるつもりか、白川」

相生屋が白川を呼び捨てにした。

翌日、相生屋に播磨屋伊右衛門の使いと名乗る者が来た。

「本日、夕七つ（午後四時ごろ）よりお願いをいたしたく」

使いが相生屋に予約を入れた。

「播磨屋さんがお出ででございますか。それはありがとうございまする」

相生屋が喜んで受け付けた。

「では、わたくしは三浦屋さんへ回らなければなりませんので」

使いと名乗る男が相生屋を後にした。

「おい、伊豆」

「へい」

かつて鈴屋と名乗り白川を欺いた男衆が返事をした。

「三浦屋さんと播磨屋さんへ確かめてこい」

「承知」

伊豆が駆け出していった。

「……ではよしなに」

使いと名乗る男が三浦屋にも用件を伝えた。

「お待ちいたしておりますとお伝えくださいやし」

桶次郎が使いと名乗る男を見送った。

「では、くれぐれもよろしく」

使いと名乗る男が去っていった。

「笑い話かよ。播磨屋さんほどのお方が、接待でもなく一人で、馴染みの大夫ではなくお披露目をしたばかりの一分を揚屋に呼ぶわけねえだろうが」

吉原のしきたりはかなり緩んでいるが、大夫を敵娼にできるほどの客となれば、どのような理由があろうとも他の遊女を抱くことは許されない。吉原看板と呼ばれる大夫の誇りにかかわるだけに、厳格であった。

「どうしてくれようか」

桶次郎が考えこんでいるところへ、相生屋の伊豆が顔を出した。

「そのお顔じゃあ、こちらにも来やしたねえ」

「当然、相生屋さんにも」

二人がなんともいえない顔をした。

「一応、播磨屋さんに確認だけ入れておきやす」

「まあ、天地がひっくり返ってもないと思いやすが、お願いしやす」

伊豆の申し出に桶次郎が頭を下げた。

「さて、むらさきに伝えるか」

桶次郎が身支度をしている今のもとへと向かった。


伊豆の報せに播磨屋伊右衛門があきれた顔をした。

「わたくしが、一分女郎を抱きたいと……面白いことを。十六夜大夫とでも何年身体を重ねていないか……」

息子が頼りないため店を譲ってはいないが、すでに播磨屋伊右衛門は老境にある。吉原へ行くのは気晴らしのためであり、お茶を飲んで話をするか、少しお酒を舐めながら音曲を楽しむかで、泊まることなどない。

「まあ、一度くらい、わたくしを嵌めようとしている女の顔を見るのも一興だねえ」

播磨屋伊右衛門が興味を見せた。

「ご冗談で……」

「いえ、本気ですよ。今日の七つでしたね。行かせていただきましょう」

啞然とした伊豆に播磨屋伊右衛門が告げた。

「こいつはてえへんだ。すいやせん、戻らせていただきやす」

伊豆が大慌てで駆け出していった。

「少し、酔狂が過ぎるのではございますまいか。なにもわざわざ敵の罠にかからずとも」

思わず亨が止めた。

「罠……このていどで」

播磨屋伊右衛門が鼻で笑った。

「わたくしの名前で予約をした遊女が、揚屋に火を付けた。その場にわたくしがいなくとも、世間はかかわりがないとは思ってくれませんよ。それこそ、呼んでおいて放置する、遊女にとってこれほどの侮蔑はない。怒り心頭になった遊女が……さぞや読売は売れましょうなあ」

「行かなくても播磨屋どのの名前に傷が付くと」

「はい。この辺りはよく考えているといえますが……細かいところが甘い。そのていどでしかないのでしょうなあ、牧野大隅守の用人は」

播磨屋伊右衛門がため息を吐いた。

「ですので、その甘さにつけこませていただきましょう。相生屋さんに行って、女が火を付けるために来たところを押さえる。そこから牧野大隅守の用人へ。いやあ、助かりました。町奉行の用人をどうやって潰すか、その手立てに悩んでいましたが、向こうから来てくれるとは」

「…………」

楽しそうな播磨屋伊右衛門に亨が絶句した。

「さあ、行きますよ」

「えっ」

促された亨が驚いた。

「城見さまがいてくださらないと、その女を吉原から連れ出せませぬ」

吉原は町奉行所の支配を受けない。なかでなにかあってもなかで始末した。ちょっとしたことならば、身ぐるみ剝いで大門から放り出すだけだが、御手配の悪人だとかは町奉行所へ連絡して、大門外で引き渡すという面倒な手続きが要った。

「なるほど。では」

「むうう」

立ちあがった亨を咲江が不満そうに睨んだ。

「これ、城見さまはお仕事で吉原へ行かれるのだ。遊びに行くのではない」

播磨屋伊右衛門がたしなめた。

「それくらいわかってるけど……今回はなんもなく終わると思ってる。でも、吉原へ入るんやろ。吉原にはきれいな女《おなご》はんがいてはるさかい、城見はんが目を奪われたりしたら嫌や」

「かといって目隠しはできませんよ。いいかい、咲江。妻というのは、夫が外でなにをしていても、かならず戻って来ると信じて、どっしりと構えていなければいけません」

拗ねる咲江を播磨屋伊右衛門が諭した。

「揺らぐことなどない」

亨も宣言した。

「……わかった。信じるし、はよ、帰って来て」

咲江が亭を見つめた。

相生屋との約束は夕七つだが、遅れて行けば女が行動に出かねない。

「顔を見られるのもよろしゅうございますまい」

播磨屋伊右衛門は亭も駕籠《かご》に乗せて、吉原へと急がせた。

「御免を」

同じころ三浦屋四郎右衛門へ使いを名乗る男がまた来ていた。

「おや、今朝方の播磨屋さまのお使いのお方。どうなさいました」

応対に出た桶次郎が首をかしげた。

「お世話になっております。申しわけございませんが、主、少々用事で遅くなりますゆえ、こちらまでお迎えにはあがれないと」

「なるほど、むらさきさんを相生屋さんへ向かわせておいて欲しいと」

「さようでございまする。よろしくお願いをいたしまする」

意を汲んだ桶次郎に感謝しながら、使いを名乗る男が帰っていった。

「策のつもりか。ふん、とっくに見抜いているわ」

桶次郎が吐き捨てた。

「……そろそろだな」

刻限を見計らって、桶次郎がむらさきを呼んだ。

「聞いているとおり、相生屋さんへ」

「あいあい」

これが終われば、晴れて新しい人別を手にやり直せるのだ。むらさきが喜んで応じた。

「行って参るでありんす」

一分女郎に供はつかない。むらさきが一人で出かけていった。

「さて、番所に罪人を町奉行所へ渡すと報せてくるか」

桶次郎が嗤った。

相生屋までは近い。むらさきはすぐに相生屋の暖簾を潜った。

「よろしゅうお願いするでありんす」

「むらさきさん、ようこそのお出でで。ささ、お客さまがお待ちだよ」

「えっ……」

事情を知っているむらさきが唖然となった。

「その人かい、白川さんの手は。初めましてだね。わたしが播磨屋だよ」

そこへ播磨屋伊右衛門と亨が現れた。

「まさか……」

「見抜かれていたんだよ、おめえたちの企みは」

武蔵が恐る恐る見てくる今を睨んだ。

「ひえっ」

「逃がすものか」

あわてて背を向けようとした今の前に伊豆が立ち塞がった。

「北町奉行所与力城見亨である。神妙にいたせ」

「あああ」

亨の名乗りを聞いた今が崩れ落ちた。

五

吉原大門脇の四郎兵衛番所は、三浦屋が仕切っている。

「通る」

「ごくろうさまで」

一言で亨たちは大門を出た。

「山谷堀だったな」

「……はい」

策を破られた今は、あっさりと白川を売った。

「先に見てこよう」

大門外で待っていた志村が、足を速めた。

吉原から日本堤までは、煙草一服ほどの間で着く。

「船のようだ」

先に来ていた志村が亨たちに囁いた。

「逃げられては困りますね」

播磨屋伊右衛門が眉をひそめた。

「この間合いなら、逃がさねえよ」

志村が胸を張った。

「では、参りますよ」

播磨屋伊右衛門が先頭に立った。

「火の手があがらぬな」

「おかしいですな」

白川に船頭が応じた。

「まちがいなく伝えたのであろうな」

「もちろんでございます」

船頭は播磨屋伊右衛門の使いに化けた男であった。

「……遅すぎる」

「ぼやで消し止められたのでは」

苛立つ白川に船頭が推測を告げた。

「火付けなど容易ではないか。襖か障子に燭台の火を移せば、吉原の安普請など
……」

「誰か来ます」

文句を言いかけた白川を制するように、船頭が声をあげた。

「出る」

気づかれたと知った志村が駆け出した。

「出せ、しくじった。あれは今だ」

十間（約十八メートル）ほどに近づいたところで、白川が亭に縄尻を掴まれている今に気づいた。

「へ、へい」

急いで船頭が竿で岸を押して、動かそうとした。

「甘い」

十分な助走をした志村が、二間（約三・六メートル）ほど離れていた船に乗りこんだ。

「ひっ」

「こやつ」

船頭が腰を抜かし、白川が太刀に手をかけた。

「動くな」

その白川に志村の切っ先が突きつけられた。

「わ、儂を誰だと思っている。南町奉行牧野大隅守の家臣であるぞ。浪人風情が無礼を……」

「北町奉行曲淵甲斐守家臣、城見亨である。きさまの企みはもう知れている。こちらには証人の女もおる」

志村を圧そうとした白川を亨が押さえにかかった。

「そんな卑しい女の言うことなど……」

「目付に預けてもよいのだぞ」

「わたくしも証言いたしますよ」

今を捨てようとした白川に亨と播磨屋伊右衛門が追い討ちをかけた。

「……目付」

「牧野大隅守さまがどうなるかの。現職の町奉行の家臣が吉原とはいえ、火付けをしようなどと企んだとあれば、罷免だけではすまぬな。牧野の家も絶えるぞ」

呆然とした白川に、亨が脅しを加えた。

「儂の一存である。なにとぞ、主家にだけは……」

白川が折れた。

「播磨屋どの」

「はい」

伺う亨に播磨屋伊右衛門が苦笑した。

「浪人白川、神妙に縛に就け」

「畏れ入りました」

牧野大隅守には及ぼさないと言った亨に白川が感謝した。


亨は白川と今を左中居作吾に預けると、播磨屋伊右衛門とともに曲淵甲斐守のもとへ報告した。

「……牧野大隅守を追い落とすべきであろう」

曲淵甲斐守が不満を口にした。

「失礼ながら、甲斐守さま。今、牧野大隅守を落とせば、新たな南町奉行が来るだけでございまする」

「いや、これを機に町奉行を一人にできるやも知れぬではないか」

「そんな話が出ておりますか」

「……まだだが」

播磨屋伊右衛門に訊かれた曲淵甲斐守が首を左右に振った。

「城中でも噂になっては……」

「ない」

さらに確かめた播磨屋伊右衛門に曲淵甲斐守が苦い顔をした。

「……まだ無理か」

曲淵甲斐守がため息を吐いた。

「お役人はときがかかるものでございましょう。ここは、牧野大隅守を抑える材料ができたことで納得なさるべきかと」

「欲を掻いてはいかぬか」

播磨屋伊右衛門の提案を曲淵甲斐守が飲んだ。

「亨」

「はっ」

曲淵甲斐守に呼ばれた亨が姿勢を正した。

「よくしてのけた。褒美として二人扶持くれてやる。嫁を食わせてやれ」

曲淵甲斐守が加増ではなく扶持米を与えると言った。家禄と違い、扶持は亨が隠居すれば、そこまでで相続はできない。

内証の厳しい旗本としては、精一杯の褒美といえた。と同時に亨と咲江の婚姻が認められた。今までは婚約だけで主君の許し待ちであったのだ。

「かたじけのうございまする」

「ありがとうございまする」

亨と咲江の大叔父播磨屋伊右衛門の二人が、礼を述べた。

田沼意次は町奉行を一人にするという案をどうやって御用部屋へ出すかを考えていた。

「機が悪いな」

町奉行を一人にする利は、いくらでも説明できるし、強行するだけの力もある。

問題は、曲淵甲斐守と牧野大隅守のどちらを切るかというところにあった。

田沼意次としては、町奉行を一人にして浮いた経費を老中の思うがままにすればいいと発案した曲淵甲斐守を残したい。いや、残さなければならなかった。もし、曲淵甲斐守を切り捨てれば、その恨みを買うだけではなく、二度と田沼意次のために献策をしてくれる者は出なくなる。

「牧野大隅守は手柄を立ててしまった」

田沼意次がため息を吐いた。

無宿者狩りは、江戸の市中に潜んでいた下手人や盗賊を多数捕縛するという効果を上げた。また、その功績を牧野大隅守が声高に言ったこともあり、城内では牧野大隅守こそ町奉行にふさわしいとの評判が出ている。

その功績ある牧野大隅守を町奉行から離職させるのは、違和感が出る。

「田沼さまのお怒りを買ったらしい」

当然、それを示唆した田沼意次の意図を探る者が出てくる。権力者の行動には、かならず裏があると、わかっている者は少なくない。

「なぜ曲淵甲斐守ではなく、牧野大隅守だったのか」

権力者はいつも下から狙われていた。なんとかして穴を探し、その座を揺るがそう、取って代わろうと考える者はいる。

権力を握った者は、油断が許されなかった。

「無宿者狩りの欠点を指摘し、牧野大隅守に褒賞を与えるという話は潰したが……」

田沼意次が難しい顔をした。

「曲淵甲斐守に目立った手柄はない」

内政というのは、なにか新しいことを始めたとして、その効果が誰にもわかるようになるには、かなりのときが要る。

「いっそ、牧野大隅守を昇進させて南町奉行から外すか」

田沼意次が思案した。

しくじっての左遷ならば後任の人事を考えなければならない。それだけ町奉行が難しい職だとなるからだ。だが、栄転で席が空いたならば、それを理由に数を減らすことは容易《たやす》い。問題は曲淵甲斐守がそれを受け入れられるかどうかであった。

「曲淵甲斐守は幕政にかかわりたい。政にかかわって功績を立てることで立身したい。ならば有名無実で力のない役職に牧野大隅守を祭りあげるならば、辛抱するかの」

顎に手を当てて田沼意次が考え続けた。

「そういえば、最近牧野大隅守がずいぶんと引いておるな。以前は競い合っていたが、曲淵甲斐守に遠慮しておるようだ。なにかあったな。まあ、余にはどうでもよいことじゃが、ここで牧野大隅守を祭りあげて、町奉行を一人にすれば……曲淵甲斐守が驕《おご》りかねぬか。余の機嫌を窺っておるだけならばよいが、生意気に政に口出しするようになってもうるさいの。そうでなくとも……」

田沼意次が頬をゆがめた。

「余の足を引っ張ろうと松平越中守《まつだいらえつちゆうのかみ》あたりが蠢《うごめ》いておる。町奉行統一の話は寝かせるしかないいな」

田沼意次が独りごちた。

曲淵甲斐守はその後も内政に重きをおいて、いろいろと献策したが、すり寄っていた田沼意次からも採用されなかった。

そして、天明六年（一七八六）八月、十代将軍家治が死んだ。

途端に白河藩主松平越中守定信《さだのぶ》を中心とした御三家、一門、譜代大名が結束、田沼意次を排除した。

田沼に近いと見られていながら生き延びた曲淵甲斐守だったが、その年に起こった天明の大飢饉に伴う江戸市中の打ち壊し騒動への対応をまちがって被害を拡大させてしまい、翌天明七年六月、町奉行を罷免され、西の丸留守居へと左遷されてしまった。

後、その才を惜しんだ松平定信によって勘定奉行へと引きあげられ、七十二歳で隠居するまで幕政に携わり続けた。

一方、牧野大隅守は天明四年（一七八四）三月、大目付へと昇進した。大目付は町奉行よりも格上であるが、その権益は目付に奪われ、ただの飾りでしかなく、日がな一日城中に詰めるだけという生活になった。

そして、田沼意次衰退の影響を牧野大隅守も受けた。天明五年、田沼意次の嫡男で若年寄を務めていた山城守意知《おきとも》が旗本佐野政言《まさこと》に斬りつけられたとき、現場近くにいながら、十全な対処をしなかったとして咎めを受けた。

亨は西咲江と婚姻を為すとともに、父から家督を譲られて城見家の当主となった。その後も曲淵甲斐守が町奉行の座にある間は内与力として、以降は用人として、主君を支え続けた。

あとがき

「町奉行内与力奮闘記」の第九巻をお届けします。シリーズ最終巻になりました。長きにわたるご愛読に、心より感謝いたします。

そもそもこの話は、江戸時代における警察小説を書いてみようというコンセプトで始まりました。とはいえ、非才の身、当初の大きな目標には届きませんでした。恥じ入っております。

私事ですが、わたくしの母方の祖父は警察官でありました。戦前の和歌山県警察に巡査で奉職、和歌山警察署の署長を務めていたときに終戦、公職追放で退官しました。

残念ながら、祖父はわたくしが生まれた年に他界、まったく記憶はありません。

ただ、母や叔父、叔母から聞かされた話によると、戦前の警察というのは、相当な権威があったとか。絶えず官舎には、陳情の人が来て、その相手をする祖母が大変だったと懐かしんでおりました。

百年ほど前でそのくらいだったとなれば、武士がとりあえず偉いという江戸時代の町奉行所がどれほどの力を持っていたか、想像に難くありません。

では、現在の警察はどうなのでしょう。

つい先日、とある警察本部で講演をさせていただく機会を得ました。江戸時代と現代の警察機構の違いというようなお話でしたが、まあ、いつもの通り、ぐだぐだになってしまいました。お呼びいただいておきながらの失態に、この場を借りて深くお詫びします。

講演は失敗でしたが、その後いろいろと本部長さまを始めとする現職の警察官の方々にお話を伺うことができ、いい経験となりました。

そこであらためて感じたのが、現在の警察と江戸時代の町奉行所の違いでありました。

現在の警察には、大きな枷《かせ》がはめられています。そう、人権です。犯罪者であっても人権を侵すわけにはいかない。逮捕するには、十分な証拠集めをして、裁判所の許可を得なければなりません。緊急逮捕、現行犯逮捕、私人の逮捕権など、一部を除けば人権を阻害する逮捕、拘束を恣意的におこなわない。これは絶対に遵守しなければいけないのです。

これが崩れたとき、日本は法治国家ではなくなります。

言わずもがなですが、江戸時代は法治国家ではありませんでした。絶対的支配者の征夷大将軍を頂点にした中央集権国家でしかなく、その思想は武士による治世まででしか及んでいません。

なにせ人権がどこにもないのです。権力の頂点たる将軍でさえ、いつ殺されても不思議ではない。実際、江戸時代十五人の徳川将軍のうち、一人にはあからさまな暗殺疑惑があり、限りなく怪しい不審死の将軍が二人います。

大名家にいたっては、数えるのも面倒なくらい不審死が転がっています。人々を導くはずの武士でさえこうなのです。庶民に人権なんぞ、与えられるわけはありません。

さらに自白重視というか、自白させるまでが裁判ですといった有様です。さすがに時代劇で有名な石抱きや天井から逆手につるして棒で叩くという海老責めなんぞは、老中の許可が要りましたが、普通に殴る蹴るはやり放題。わたくしなら、やってなくても認める自信があります。

そんな町奉行所だけに、いろいろ書けるだろうなと思って、このシリーズは始まりました。

ですが、やり始めてみると町奉行所の現実がよくわからない。

皆さまのおかげで百六十冊ほど作品を出させていただいておりますが、町奉行所を本格的に書くのは初めてでしたので、いろいろ資料を読みました。

町奉行所は人気もあるのか、いろいろと解説した本は出ていますが、著者によって微妙に内容に差違がある。

吉原も大奥もそうですが、時代劇や時代小説で有名なところほど、なにか整合性がない気がします。

昨今、わたくしたちが中学高校の歴史で習った士農工商という身分制度が、じつはなかったと学会から否定されました。これは江戸時代、徳川幕府による支配を悪く言うことで、新しくなった明治政府を持ちあげようと考えた捏造だというのです。

おそらく、これと同じことが町奉行所にもおこなわれたか、あるいは新しい権力者に知られてはまずいことがあったのか、正確な歴史の継承がおこなわれなかった。

つまり、まだまだ町奉行所にはおもしろいことが隠されている。

このシリーズを書いたことで、そう確信しました。

いつになるかはわかりませんが、町奉行所を舞台にした新しい物語を紡いでみたいと思っております。

楽しんでいただけたかどうか、著者としてはそれがもっとも気になり、怖ろしいことではありますが、なにをおいても今までお付き合いくださいました読者さまに、篤く御礼申しあげます。

また、出版社、取次さま、書店さま、ご協力くださり、ありがとうございました。カバーイラストの西のぼる先生、デザイン担当のフィールドワークさま、お仕事お疲れさまでした。

では、新しい作品でお目にかかりたく存じます。

どうぞ、これからもご愛読、ご協力のほど、よろしくお願いいたします。

令和元年八月　盛夏　蟬の鳴く日に

上田秀人　拝

余話

なぜ、公安はいつも黒幕だったり、悪徳なんだと、現職警察官の方が残念がっておられました。警察小説をご執筆なされている作家の皆さま、公安を主人公にした物語を是非ともお願いいします。期待されている方がおられます。

この作品は書き下ろしです。

町《まち》奉《ぶ》行《ぎょう》内《うち》与《よ》力《りき》奮《ふん》闘《とう》記《き》九

破綻《はたん》の音《おと》

上田秀人《うえだひでと》

令和元年9月20日　初版発行

発行人――石原正康
編集人――高部真人
発行所――株式会社幻冬舎
〒151-0051東京都渋谷区千駄ヶ谷4-9-7
電話　03(5411)6222(営業)
　　　03(5411)6211(編集)
振替00120-8-767643
印刷・製本―株式会社　光邦
装丁者――高橋雅之

幻冬舎時代小説文庫

ISBN978-4-344-42897-3　C0193　う-8-19

幻冬舎ホームページアドレス　https://www.gentosha.co.jp/
この本に関するご意見・ご感想をメールでお寄せいただく場合は、
comment@gentosha.co.jpまで。